谷崎潤一郎

［日］谷崎润一郎 著

中国漫游

谈谦 译

上海译文出版社

目 录

庐山日记

(大正七年①) 十月十日 晴

  上午八点醒来，很稀罕，是晴天。离开北京后，已经过了一周才见到的晴空。上午写日记，读《庐山志》。礼拜天，来对面教堂礼拜的中国人颇多。教堂钟声响亮地回荡空中。

  下午四点来钟，跟田中氏及正巧来访的太田氏相伴，去九江市的中国人居住区。租界通往中国人居住区的地方有两个石拱，穿过那里，拐进左手的小路，眼前便是龙池寺。这座寺庙的开山祖据说是晋代的慧远。跨进寺庙前的拱形门洞，但见湖畔上有码头，左边是垃圾场，堆满了垃圾。码头石阶下六七个女人正在河边洗涤。我们招呼烟水亭湖畔休息的船老大，乘坐上他的船往湖面上去。亭子右边有柳树长堤，船的右舷方向，可以看到岸边石崖上九江城外的房屋鳞次栉比，有红色柱廊、灰色砖瓦的露台，还有锯齿一样参差弯曲的土墙。那些房屋都有通到河边的石阶，有的地方有码头。左舷方向看得到九江的城墙，还有城外的教会、学校、丘陵。那些建筑的背后耸立着能仁寺的八层七角砖塔。（传说那座寺庙建于梁武帝时代，宋代仁宗时白云端师居于此。）自那座塔的稍稍右方部位，庐山淡青色的山脉延伸覆盖至城里。我们的船离开岸边后，右舷处的街角渐渐开阔起来，接着映入眼帘的是一大片居宅。西洋建筑的楼阁和白壁家屋逐渐消失了，像似临时货摊的用草席及木板围起的陋屋跟背后城内街道的屋顶层层重叠，城墙对面的学校近在咫尺。回头再望驶过来的景观，那座天主教堂哥特建筑的屋顶上，载有两个十字架的天空甚是美观。

登上烟水亭，来到寺院的本堂、客殿。本堂悬着一匾额，上书"鸢飞鱼跃"。穿过本堂左右两边的拱门，临水湖边客殿。白色的围墙上开有窗户，可以观望水面。墙上缠绕着常春藤枝叶。而客殿左前方的湖面风景优美，最适合眺望庐山。难怪这里挂有"才识庐山真面目"匾额。

离开烟水亭，再次登船向长堤划去。阳光穿透蒙罩着轻柔薄纱的云层，打出两三道强烈的光柱，照射在船右舷的湖面上。庐山不知不觉中沐浴着夕阳，色彩略有变化，蓝色山脉上时而出现些许细腻、柔和的茶褐色纹路。在其背后蜿蜒起伏地耸立着一道更高的青黑色山脉，恰似前面的山倒映在后空中的影子一般。据太田氏说，背后还有一座山脉，三座山重叠。前面这座山的右边山顶往下四五公分的地方有块茶褐色的低凹处，那里微微反射出白光来，据说那儿便是牯牛岭的西洋馆。庐山山梁延伸至城市郊外的黑色丘陵起伏不平，傍晚那儿的乳白色炊烟袅袅升起。堤坝上有十多个年轻市民，夕阳微风吹拂着他们的长褂一角，正从右边往左方慢悠悠行

---

① 即公历 1918 年。

2

走。或许是学生，那姿态看上去甚是风雅。船左舷方向的岸边上，有很多雨后洗涤晾晒的衣服。

船靠在了天花宫旁的长堤边。长堤边巨大的杨柳树茂盛的枝叶倒垂于水中，庞大的枝叶及至遥遥对岸。内湖里稍起波浪，湖水泛蓝。另一边湖水则呈白色，水波平稳。我们在长堤上一路向右走。有的渔夫在修船，有的在晒网，还摆着吊挂四方形手网的工具。回城的许多人满载而归，鱼篓里装着鲫鱼之类的鱼儿。内湖对岸左边的丘陵上有一片松树，田野的模样跟日本近似。天花宫外面有几棵黄色的银杏树——其实为紫苏色或褪了的铁锈色。站在长堤西边尽头环望，白墙衬托临水的银杏树，无以形容的美景。六角三层、可爱的娘娘梳妆亭若隐若现在银杏树叶间。

我们重新上船，踏上回程。一只画舫跟我们的船成直角，自城外左边划出。船上并排站着两个人，一个身着橙衣的青年和一个身着蓝衣的女人，此外还有两三个像是客人。无数只鸟成群飞向天空，水面小鱼跳跃，几十只燕子飞掠船头。未被云彩吞入的夕阳彤彤，直直照射在左舷的水面上。忽见庐山三变其色，自半山腰以下完全沉入淡褐色的霞光中。

离船登岸，告别太田氏，又请田中氏引路，自西门入城。大概是火车刚刚到站，很多人通过狭窄的城门进入城内。无数的轿子、挑着货担的苦力和士兵等，穿梭如织。地面上满是泥巴，担着一个绅士的轿夫脚下一滑，摔在了门内。混乱中，一个烧卖担子小贩徘徊叫卖。街上一家商店，店头悬着印花布、毛皮等。我买了九江特产——陶瓷器皿、纸张等，六点多返回。翌日终于要跟太田氏一道登庐山。

十月十一日 阴

上午八点半起床，十点吃完早饭，太田氏便来邀我出发。我们让苦力背上行李，先到大元洋行①，由他们给准备了旁边牯岭公司的轿子后，一起往庐山出发了。时间是上午十一点半。

我们在龙开河桥畔向左拐，进入市区。依旧是狭窄道路，喧闹、拥挤不堪。太田氏乘坐的轿子不过稍前一步，便被杂沓来往的人群遮住，连影子都看不到。过了一会儿，轿子向右拐，出了市区。左边有甘棠湖，右边是龙开河，两条流动着的河水夹着一条细细的小路，一直向前延伸而去。左边沿路上，烟水亭朦胧柳叶，能仁寺佛塔、天花宫白墙、梳妆亭三层亭台等，让人流连忘返。内湖西岸的丘陵墓碑散布，牛群漫步其间。不一会儿，我们进入一条芒草茂密、蜿蜒在小山间的小路。时有迎面而来的僧侣。还见到一个人牵了一只羊。略显阴沉的天空，盘旋着鸢与喜鹊，整个庐山呈青蓝色，露水打湿的道路一直延伸向前方。可在连绵起伏的苍山、峡谷映入眼帘时，正面又出现了一座最高的山脉。这山脉分两边山头。左边的矮了两三寸，坡度微缓，乌帽子状；另一边即右边的山体突兀，悬崖峭壁屏风般直插云霄，宛若与乌帽子一争高低。右边的山脉面积广大。其右边还有一座低矮山峰，山脉到此像似被什么削掉了一样戛然而止。左边那座矮山的上空，远远的有一列鸿雁，像小小的念珠般自右向左飞去。那情形像水草漂浮，随心所欲地编

---

① 九江当时最大的日本人旅馆，后更名为增田旅馆，为当时日本游客游庐山的主要接待之处。

成各式圈状；或如撒网一般，哗地散成一个大圆；或如燃放的烟火余烬化成椭圆形，眼见着陨落天际。苍山前也有雁群。来路上也有雁群。飞鸟之多，出乎寻常。不觉之中，左右两旁的风景变成了开阔的农田。水田里水牛闲栖，再往前的平缓坡道上，黑、白两头小猪闲庭信步。前面望得见庐山山脚下起伏着的丘陵。不时路过饮茶歇息的小茶棚，外售苦力穿的草鞋。我们在那样的小茶棚休息过两次。我们爬到相当的高度再度歇息。右边望得到一片开阔的湖水，那便是塞湖。再一看，塞湖右边有甘棠湖。湖水有些发黄的水域一带，右边往左连接着茫茫天际，那是扬子江。江对岸还有一个湖。映入眼帘的尽是江河湖水。不过甘棠湖的前方，刚才走过来的丘陵却一动不动地好像牛背一样横卧，天空、流水都笼罩在阴沉沉的铅色中。庐山山貌渐渐变得清晰，正中央的乌帽子山脉前方，有一座如珠玉一般圆圆起伏的山脉。球状山脉上凿有三道深纹，下部黛色轻雾缭绕，袅袅升腾显现出整个褐色的山脊。右边的峭壁为分界线。峭壁的前方另有一座山峰。那座山峰称作大林峰。在大林峰右边的峰顶，有个像瘤子一样突出的、树木稀疏的香炉峰。

我们再次乘上轿子前行。左边是长满芒草的土丘，右边是沿塞湖伸延的平地。杨柳树木少了，代之以松柏、银杏、黄栌等散布在远方的原野上，其中一些树木已经叶红。不大工夫，左边出现隔着一条小河的小小三重塔——濂溪寺，祭祀周濂溪①的寺庙。不过这儿仅有小塔和低矮的白墙堂宇。其间有座雅致的小桥——濂溪桥，桥身缠绕着蔓草，水中倒映着拱桥的身姿。接着我们进入十里堡小

---

① 即周敦颐（1017—1073），号濂溪，北宋理学家、文学家，1072 年归隐庐山，1073 年病逝于此。

村。街道上的罗汉松枝叶像是为了遮阳，覆盖在户户人家的屋檐上。我们又停下来，在这儿歇息片刻。左边，乌帽子山脉离我们越来越近了，不一会儿，我们来到了庐山脚下。下午两点，终于到达了登山口——莲花洞。到此为止，都是汽车可以行驶的平坦道路。

左边一座树木苍郁的山峰即刚才提到的矗立峭壁的山峰，分几个山头向右边延伸。潺潺溪流路旁流过。我在山麓的牯岭公司处追上了太田氏，一起在二楼喝茶吃盒饭。苦力们在对面的茶棚吃饭。从九江到这儿，距离相当于日本的四里①路。据说这一带山谷一到冬天，时常有老虎出没吃人，还有豹子之类的野兽。

终于踏上了进山路。路上尽是陡峭的石阶。我自然面朝天空，脚正好触到前面轿夫的腰部。两侧是高耸的山峰及低矮的排排罗汉松。前面的太田氏戴着圆顶硬礼帽仰面朝上的样子，实在风流潇洒。开始时身着灰色衣裳的僧侣跟在身后，这会儿走到了我们前面。只见其左肩扛着白色的袋子，头上扎着四方巾，长长的衣服下摆，着履悠然攀山而去。每到一段石阶的尽头平地上，轿夫都会停下来喘口气，担着轿子行走时也频繁地换肩休息。我们沿着乌龙潭峡谷一路走去，长江、塞湖以及河畔的田地模样，都尽收眼底。寒气逐渐强烈。在远处重叠的后峰，遥见积雪的山顶。一会儿，我们来到了山路上可谓最为险峻的石阶。轿夫半途再休息时，终于换上了新的轿夫。

山路确是极为险峻，而且几乎是笔直的石阶，犹若箱根的旧道。半道上遇见西洋老妇人和绅士下山。这条路走到顶，左边有个

---

① 约十六公里。

小憩的茶棚，右边是面对大林峰的千尺峡谷。在屹立着的山峰侧面，一些地方袒露着煤炭一样的黑色岩石。山峰的豁口处即峡谷对面，扬子江如同一抹白云或冲天的弯弓。扬子江的上游比下游稍为宽阔，滚滚东流仿佛去往天宫。江水的上面同样有行云在滚动。这儿可望见远处山麓的西林寺白塔。白塔右边的松林间东林寺依稀可见，可是看不见一侧的香炉峰。

迎接太田氏的人来了。我们步行两三百米，隔着一座山峰，总算看到了位于峡谷平坦地段的牯岭中国街。听说那儿距离我们现在的地方，还有四公里的路程。我们再次乘上了轿子。树木渐渐稀疏，左右的山上出现了层层奇岩怪石。有的直直地垂向山谷；有的就在头顶上，我们在三千尺的悬崖峭壁间，沿着这些怪石崎岖的逶迤山路而行，上上下下。想必这里是最为险峻、最最危险的地段。而且，每当扬子江在山峰突出的一角出现时，右边都是空荡荡的悬崖峭壁。

一会儿，我们到达了中国街。太田氏往左边去，我拐向右边离开了中国街，来到尽是圆木、石块的溪流边上的大元洋行。两边耸立着山峰，看不到远处，一个荒芜的地方。

十月十二日 阴

上午八点起床。天空依旧是惨白色的阴天。寒气凛冽。十点多带上领路的妇女，去附近看看。出了旅馆没走多远，见对面山谷一片白雾，就像棉花一样慢慢升腾。路左边则有突兀怪石，怪石下便是所谓的锦涧溪，大概有几丈深。对面像是大林峰。谷底升起团团白雾，看不清对面。这个峡谷时有雾起。夏日多晴天，清晨竟也无法远眺。出门稍稍早了些，遗憾。沿溪流左边行走，前方出现了平地。雾中望见中国人的旅馆。路旁生长着低矮的银杏树、松树、杜鹃花等。多岩石地面。岩石缝间常常流动着清澈的溪水。再往前走，雾气更浓，眼前白茫茫一片，就像海水一般。走下缓坡，隐约出现了一个山状物，上面朦胧浮现出一个四角形、类似房屋形状的建筑，便是御碑亭。登上亭子，在石亭休息。左右两边像是连接锦涧溪的山谷，却被云雾遮盖。据说晴天时，可眺望远处的扬子江、塞湖。

在御碑亭一侧，有条下到山谷的道路，沿路走，一两百米处有个仙人洞。在洞的岩壁上凿刻有"洞天玉液"四个大字，岩洞里供奉着关帝。岩洞的深处有个水洼，不断积蓄着滴落下来的清水。据说这儿被称作"一滴泉"，掬饮泉水能生子。御碑亭已被雾气遮住看不见了，前面的溪流处，更是滚滚流动着的浓浓白雾。这个岩洞仿佛是仙人居住的地方。离开这儿，返回到御碑亭前，沿山脊走向天际。风稍稍大了起来，雾气不断从右边向左边滚动，越过山峰而去。这时的山谷略微转晴，山峰突出的一角处，雾气冲天，其势如龙的腾跃……

（大正七年中国旅行日记抄）

秦淮之夜

下午五点半，暂且回了一趟石板桥南的旅馆。今晚的月亮应该很美，总觉得就这么闷在旅馆二楼房间，有点儿可惜。按捺不住还想再看一遍秦淮河岸街道的心情，冲了一个澡，再次雇上向导，让旅馆叫来两部人力车。

"哎，饭已备好，您吃了再出发，怎么样？"

女佣这么说道，瞪圆了眼睛，不知我要去哪儿。

"不用了，饭在外面吃。今晚去一家中餐馆。"

我没仔细考虑，穿上衣服，走下楼去。

"老爷，今晚是吃中餐吗？"

向导看着我，笑眯眯问道。他是中国人，三十七八岁，和蔼亲切，日语很好，据说不久将去日本做陶器生意。这是个机灵的男人，熟悉日本人的脾性。这次中国旅行，我总因向导的冷漠刁猾不快，唯独这个中国向导例外。他略具一些文字涵养，且是当地人。他了解这一带的传说、口传文化，那些无知的日本向导无法与之相比。客人面对中国人，亦无需多余的拘谨，玩点儿荒唐游戏反倒更方便。虽说是中国人，我们却以诚相待。我发觉只要通过旅馆介绍，向导往往都是中国人。

"带您去哪儿的中餐馆呢？这附近也不是没有……"

"附近没意思，再往秦淮方向去吧。"

不一会儿，向导在先，两部人力车沿着旅馆前面的大道向南边直奔而去。

外面，夜幕已降临。与日本的城街不同，在中国无论北京还是南京，一到夜晚就异常寂静。电车不跑了，没有街灯的马路上万籁俱静。厚厚的墙壁或石头垒砌的围墙围着房屋，看不到一扇类似窗户的东西，家家户户窄小的大门上门板紧锁，一丝灯光都透不出来。像东京那样繁华的街道，一到六七点钟，很多商店也就打烊了。更何况旅馆附近尽是些零散的店铺，才刚过六点，街上就好像到了深更半夜，静悄悄的没个人影。月亮似乎还未升起，不巧天空这里那里乱云翻滚，本以为能看到月色的，此时却毫无迹象。除我们乘坐的人力车轰隆轰隆作响划破四周的寂静（中国人力车少有橡胶车轮），偶尔看到马车哒哒伴着蹄声奔驰而来。然而马车上的灯也仅仅在地面落下一尺见方的亮光，车厢里漆黑一团。擦身而过时，黑暗中亮光一晃而去。

人力车在卢政牌楼十字路口往左拐，进了一条更加昏暗、寂静的路。道路两旁耸立的高大、斑驳脱落的砖瓦墙壁不断地左转右弯。人力车也顺着那高墙左拐右拐。往前行时，两边的高墙时而要夹击我们似的逼近前来，差点儿就有撞墙的危险。若被扔在这儿，一个晚上我也找不回旅馆。两旁的高墙消失后，看到一片空荡荡的空地。这片空地是在四角形的墙壁与墙壁之间，仿佛牙齿掉了，空了一个豁口一样。接着看到一个不知是池沼还是古塘的水洼地，那里好像火灾后的废墟，堆满了瓦砾。通常在中国的城市，街道正中一片空地并不稀罕，南京尤其多见。白天经过的肉桥①大街北边堂子巷附近，便有很多水塘，还有几只鹅在水塘里游动呢。这或许正是古都中的古都应有的景象吧。

我以为这人力车会一直在这样的路上奔跑，却又来到了一条宽阔的道路。虽说是宽阔的道路，过了一会儿道路又变得跟日本桥的仲通②一样狭窄。路两旁的建筑像是商店，不过没有一家还在营业。抬眼一看，道路正中立有一个牌楼，黑暗中依稀可见白色的牌匾上有"花牌楼"的字样。

"这儿的街名是叫花牌楼吧。"

我在车上大声问向导。

"对。从前这座城是明朝的帝都，这里住着为宫女及官吏制作衣裳的裁缝。那时来这条街，家家户户都把鲜亮的衣裳摊开，各类丝绸上都绣着漂亮的花朵。因此得名。"

中国向导在前面的人力车上大声回答道。听他这一说，不由得对这条昏暗的街道生出一种亲切感来。在那些鸦雀无声的门板里，那些裁缝们莫非仍在灯烛下，铺开华丽衣裳精巧地运针刺绣……

就在我这样浮想联翩时，人力车已穿过太平巷、柳丝巷③，跨过四象桥。秦淮的孔子庙或已近在眼前。我白天曾途经于此，可现在却更加弄不清东南西北。道路再次变得狭窄，人力车时而遇上土墙时而横穿空地。总之在高墙边长长的道路右弯左拐数次后，离开

---

① 为"内桥"之误，最初为南唐宫城正门前的桥梁。
② 日本东京的道路名称。
③ 为"细柳巷"之误。

姚家巷终于到了秦淮河岸大街。孔庙就在这河岸街道前方两三百米处。这儿白天非常热闹，来参拜的男女摩肩擦踵，沿途满是卖糖果、卖杂货的小商贩及杂耍艺人、蟒蛇杂耍铺子等，闹腾非凡。据说这段时间，警察管得严了，一到傍晚六点，杂耍铺子及露天商贩就得收摊儿。夜晚如此寂寥，似因闹革命、兵士进驻所造成。听旁人说，在中国闹腾得最凶的是兵士。就我所见，一般民众性情温和，没见过闹什么暴动。麻烦的只是兵士。北京、天津，皆有兵士进驻，一到夜晚，那些人便在街道上成群结队地转悠。剧场、妓院规定只有兵士可以免费玩乐，自然其他客人不会再去。在兵士横行跋扈的城市，繁华街道亦无法生意繁昌。虽说闹革命，这一带眼下局势极其平稳，不明白为何却要进驻兵士。他们不过是徒然占据名刹寺院作兵营，搅乱人心罢了。不久，南京或将沦为遭受破坏最甚的都市。

不过唯有餐馆，似乎任何兵士不得免费。自利涉桥头往贡院西街街角的两三百米沿路上，排列着南京一流的饭馆，营业至深夜。我们的人力车停在了其中一家名叫"长松东号"的餐馆前。

"就这儿吧。这儿是正宗的南京菜。"

说着向导率先走了进去。跟外观比较，里面的格局出乎意料很别致。中央部位有个大长方的中庭，四周楼阁巍然围了一圈。油漆成蓝色的木造房屋，做工建造很是精致。二楼的栏杆上、回廊的柱子上都有精细的雕刻。柱子上下都悬着灯笼，装饰着菊花盛开的花盆。我伫立中庭，打量了一番楼上和楼下，所有房间宾朋满座，赌博声、猜拳声，哇啦喧闹。我想尽量坐到靠近秦淮运河一边的二楼，但是只有靠近大门的右边楼下一个单间空着，只好将就了。房间里面感觉挺舒适。北京一带，即便是一流的餐馆，室内也污秽不堪。看来，今晚总可以安心地进餐了。中国菜在日本时吃过很多次。所以我在侍者拿来的菜单中，从容地选择了下面几道菜：

    醋溜黄鱼　　炒山鸡

    炒虾仁　　　鸭舌锅

还有其他一些凉菜和口蘑汤。南方菜北方菜，材料方面似无大区别，但味道上却明显不同。尤其是先端上来的炒虾仁，感受尤其深刻。虾仁据说是这一带的特产，原料自然上等，烹调时则十分清淡。日本菜都不会如此素淡。这样的味道，就是讨厌中国菜的日本人也会改变态度。

"我说啊，说是这条河对岸有很多妓院，漂亮女人不少吧。"

我一边劝饮绍兴酒，一边刺探式地问。

中国向导微醉，泛红的脸上露出愉快和善的微笑：

"嗯，当然啦。日本来的爷们都想一饱眼福，都会招呼艺伎玩儿。您叫一个试试？唱唱歌，也就三个银元。"

"就唱唱歌？没意思。索性到妓院那边看看怎样？你有熟悉的，给我介绍吧。"

"可也是啊。那倒挺有趣。"

中国人脸上露出心领神会的表情，眼角泛出一丝微笑，点了点头。

"有趣是有趣，可是兵荒马乱，河对岸的妓院里一个女人都没有了。人去屋空。艺伎们为了躲避大兵，都逃到僻静的暗地里去了。因此，不好找啊。"

听他这一说，我反倒兴致更高。

"一家两家，总知道吧。僻静暗处更有意思啊。"

"啊哈哈哈，真要找，当然是可能的。好吧，好吧，我带您去吧。"

我们这么聊着吃饱了。离开旅馆时肚子就饿，这会儿拼命吃。虽说饭量不小，仍感觉吃得太饱。旁边的房间以及隔着中庭的对面房间，仍在喧闹着。夜色愈深，划拳的怒吼声、专心赌博的哗啷哗啷银币声，盖过了秦淮河的水流声。

"到了夏天，比现在更热闹。每天夜晚，所有的餐馆、妓院都宾客满座，运河上几艘画舫荡漾，歌声、胡琴声此起彼伏。这段时间天凉了，客人便比往日少了。"

"画舫繁忙，大致是在什么期间啊?"

"哎，大概是从三四月的开春到九月底吧。"

我悔恨没有早一个月来此。夜晚寂静，本想尽情细享南国情趣，看来没戏了。心想暖春时节，一定再来游玩一次。

"今晚承蒙丰盛款待。托福。微醺。痛快。我们走吧。"

中国人喝干了第二瓶绍兴酒，看看我的脸色说道。桌子上尚有许多剩菜，可两人都没勇气继续吃了。叫来侍者算了账，仅两个银元。酒足饭饱。这些菜在日本的餐馆，至少七八日元。来中国后，味道差、价钱贵的饭菜是西餐和日餐。尤其是中国人做的西餐，味道之差无以形容。吃中餐最愉快，经济实惠味道好，尽管餐具些许不洁。

大概十点过后，我们于餐馆前再次乘上人力车，沿河岸道路往东行，来到了白天乘画舫穿过的利涉桥畔。在南京，桥的两边尽是房屋，看不见河水，很多地方也分不出桥与陆地的分界，但唯有架在秦淮河上的桥例外。无论是文德桥、武定桥，还是这座利涉桥，都像日本乡下的木造桥。白天还看到桥的铁栏杆上晒满了大白菜。河这边岸上是一家接一家的餐馆；河对岸斜街小巷处，众多妓院屋瓦参差、鳞次栉比，跟大阪的道顿堀街道很像。不过正如向导所说，此时街上家家户户漆黑一团，门户紧锁。月亮不知什么时候露出了脸儿，从薄薄的云中洒落出来的清淡光芒，在昏昏沉睡着的运河水面上投下一道青白色的影子。此外，唯有一条昏暗、死寂的巷街在延伸着。人力车跑出利涉桥北边桥头，好像被那漆黑一团的街道吸了进去似的，一下子向道路左边拐了过去。不可思议的是，从河岸边看到的那么多妓院，来到近旁一瞧，更分辨不出哪儿是入口了。照例是土墙围着的窄小巷道进出。道路的宽度为一辆人力车勉强通过。地面上凸凹不平地铺设着砖头大小的石块。在这样的路上，人力车咕当咕咚地左右剧烈摇摆，不断拐过一个又一个的墙壁拐角，我已全然辨不清运河的方位。不一会儿，人力车终于来到一个无法通过的窄小拐角，只好让人力车停在了那里，两人紧靠墙壁步行而去。鞋跟触及路石突兀，到处绊脚。路不好走。不知是小便还是食物油，时不时有流动的黑水。一道朦胧的月光投在尽是污垢的土墙白壁（已污秽成灰色）上方，那个部分好像电影里的夜景微微光亮。说来这条道路的景观，颇似电影中屡见不鲜的西洋小街巷风景——罪犯匿入或警探追踪的处所。钻到这样的鬼地方，倘若中国人向导是个坏人，后果不堪设想。这么想着，不由得有些毛骨悚然。

"喂、喂，妓女会住在这样的鬼地方吗？你没记错吧？"

我悄悄在向导耳旁嘀咕道。

"请等一下。记得是这里的……"

中国人小声回答。不知为何在同一个地方兜来兜去，也许不是同一个地方，总之这里的道路不易弄清。过了一会儿，来到一家门前，只见右边有扇六尺来宽的门，灯火通明。好像是家食品店，像烤红薯的摊子一样，炉灶里冒出热乎乎的暖暖炊烟。走过那里，再往前十来米，道路又向斜右方伸去。中国人让我在原地等候，他返回到适才冒着炊烟的房屋前，像是反反复复在跟店里的人打听着什么。从我这里只能看见站在路上的中国人的脸部，黑暗中映照出店前明晃晃的红色灯火……很快，他返回到我这儿来，轻松地小声哼着歌儿，再次开步向前走去。

"啊，是这儿。进去看看吧。"

他这么说着，停下了脚步。自刚才起步到这儿，我们只走了五六步路。张望中瞧见右边的墙壁上挂着一盏小小的四方门灯，闪烁着微弱的灯光，就好像马上会灭掉一般。"姑苏桂兴堂"——这几个朱笔红字写在门灯的玻璃上。不过，字迹已斑驳脱落了许多，好歹能读出。门灯下有扇勉强可以通过一个人的窄小的门。说是门，不过是把两三尺厚的墙壁剜掉一部分，然后在里面安上了一个严丝无缝的门板。不用说，屋里的人声、灯光完全不会泄露，如果不仔细观察，只会以为土墙的表面凹进去一块罢了。原来是这么回事，难怪从刚才就一直以为是连续的墙壁，总也看不到入口处。我伸出手去，正要推开那扇门，没想到门前有人在动。厚厚的墙壁投下了巨大的影子，在墙壁投影的深处，那人身体紧贴在门板边上，看上去就好像壁龛雕像一般伫立。此人或许是看门的吧，中国向导跟他三言两语后，那男人立即点点头，悄悄地打开了后面的门板。

房间里极其昏暗。——南京本有电灯设备，但这等人家惧怕大兵，便特意使用煤油灯不去招人耳目。——屋内五六个相貌凶恶的男人围着桌子像在赌博。我们穿过这个房间往里走去。这样的住家一定是有中庭的，中庭尽头有两三间房屋，挂着门帘处，便是闺房的入口。我被带进最左边的屋子里。

室内几乎没有一件装饰品。四面墙壁都贴着卷纸一样亮晶晶的廉价壁纸。就连这样的壁纸也陈旧不堪。说其有光亮，其实形同毛毛糙糙的墙壁。我的记忆中，屋内一边放置着紫檀木桌子和两三把椅子，一盏照射不到房间四处的油灯冒着油烟，发出微弱的光亮。这忧郁的空间根本无法设想是女人的闺房。房间里起初没有人，坐在椅子上等了一会儿，一个身穿蓝色衣裳、像是老鸨的老太太端着放有西瓜子和南瓜子的盘子进来。老太太看上去不像是贪婪的人，笑眯眯地看着我，用中文不停地说着些我听不懂的话。之后由两个十二三岁的小姑娘陪伴，一个看似闺房主人的洁净女人走了进来。她在我与向导间的椅子上一落座，便一只胳膊肘支在桌子上，伸长了另一只手臂给我俩敬了她自己拿来的香烟。我通过向导的翻译，与她一问一答。她回答说：今年十八岁，名叫巧儿。在昏暗油灯光亮圈儿里，她的脸庞圆润丰腴，肤色白皙，透着光泽，尤其是小巧的鼻翼微呈透明淡粉色。更美的是她的头发比身上的黑缎子衣裳还要黑亮，外加她那充满娇媚的表情及滴溜溜圆栩栩生动的眸子。我在北京也见过各种女人，却还从未见过这样的美人。如此简陋、昏暗、墙壁污秽的房屋里居住着如此滋润的女性，真是令人难以置信。使用"被打造"一词来形容这个女人大概是最为恰当的。因为，尽管其面容多处都脱离了美人的典型，但肌理之光泽、眼神之运转、发辫之盘结、身体之举止，作为有教养的妓女，可谓训练有素，并将其可爱之处发挥到淋漓尽致。她说话时，眼神、手势从不呆滞。遮在前额的厚厚的刘海及花形金饰带有翡翠珠的耳坠始终晃动着。她转动颈脖，收紧双颚，露出思考的眼神，胳膊肘左右伸开做出耸肩的姿态，最后拔出脑后束发的黄金簪子替代牙签使用，露出她"被打造"得尤为精致的一排漂亮整齐的牙齿，可谓千姿百态，顾盼流连。

"怎么样，漂亮吧？"

向导吸着老鸨拿过来的水烟，把我撇在一边与那女人肆意调情。突然转过头说：

"她可是这一带顶级的艺伎。我正跟她谈呢。老爷若是喜欢，今晚就留宿一宿，怎么样？"

"可以留宿吗？"

"哪里啊，一般是不行的。这不，我跟她谈条件呢嘛。没准儿有戏。"

"嗯，拜托、拜托！"

她微微睃了我一眼，眼神里似有调笑意味。

中国人再次开始交涉。哪儿像是谈条件？打情骂俏的样子有点儿不堪入目。可我别无选择，只有默默地等待结果。我这么想着，老老实实地靠在墙边不厌其烦地欣赏着她那一个接一个变换不断的活泼表情。

说是在调情，但她时而一副郑重其事的模样，眼神照旧百变。

只见她眼珠一转，瞪在天花板上。向导半开玩笑似的费尽口舌说服。

"好像谈得很困难啊，能成吗？"

"说是外面有客人在，不行。不过，哎，再等等看。说不定马上就会同意的。"

他这么安慰我，又接着继续谈。过了一会儿——"那，商量一下吧。"她甩出这么一句话来，露出轻蔑的笑容瞥了我一眼后，走出房间。过了大约两三分钟，起先那个老鸨微笑着走了进来。老太婆跟向导各持己见，长时间交涉了一通。向导像是异常固执，老太婆想推拒却也很难拒掉，终于住口退了下去。然后那女人再度进来找出各种理由辩解。老太婆跟那女人进进出出两三回，像是很难得出结论。

"那么麻烦的话，算了吧。"

我觉着根本就不行，于是制止向导说。夜深了，也觉着冷了，我有点儿兴味索然。若是谈判成功，跟向导一同留宿，倒也不错。假使独自一人留宿在这阴森怪异的妓院一隅，也让人觉得怪可怕的。

"是啊，算了吧，到别家去吧。我一直说只有十五块钱，对方却非要四十块。四十块的话就能成。疯了啊？四十块银元是敲竹杠！算了吧。"

说到四十块银元，最近银市价涨，约合八十日元。我腰包里倒是有六十余块，可是花掉四十，再去看苏州，直到去上海正金银行的这段时间，就只剩二十余块，那可就得勒紧裤腰带了。我顿时没了兴致，不想在这儿为这么个女人付出那样的代价。

"她是很漂亮，不过四十块也太贵了啊。已经十一点多了，该收场回去了。买卖不成饱个眼福也不错啊。"

我果断地站起身来说道。

"什么啊，不必急着回去呀。这女人不行还有别家的漂亮女人哪。用不了四十块，还有更便宜更有趣的地方呢。"

向导许是以为我是地道的酒色之徒，显得有点儿过分热心。

"哎，不是你说的……这样的美人绝无仅有嘛。"

我担心他带我去一个更烂的地方，从而玷污了对于眼前这个美人的印象。我反倒希望就这样平静地踏上归途，将对这个高贵的、梦幻般的女人的念想埋藏在内心深处。

"不管有没有漂亮的女人，看看再说吧。不喜欢就回旅馆休息。晚点儿，没关系。"

向导等那女人把我们送到门口，从里面锁上门后，这么说着，再次慢慢地沿着石板路走去。走出十多米后，又见一家像似妓院的家屋，同样是围着厚重的外墙，一扇小小的暗门像监牢一样在黑暗中悄悄地紧锁。向导自己一个人走了进去，又立刻返回来说："此处似乎没有漂亮女人，别处会有。"原来，在这一带仔细观察，便会时不时发现类似她们隐匿居所的家屋。虽说因惧大兵的骚扰而逃离躲藏，跟北京八大胡同的兴隆比较，这儿的居所实在是寒碜。这儿的感觉好像东京的水天宫背街。向导在那些人家门前稍一留步，略微歪了歪头，然后大步流星地走了过去。

"这附近似无有趣的妓院。乘车出去吧。"

他口中嘟哝着，折回我们来时的道路。可道路上没有一辆人力车。我们一直在土墙中不知迂回走过了多少遍。这里除了我们，不见任何人影，就好像是在废墟中彷徨一般。在这样的深更半夜，在这样的废墟里，倘若人影闪现，想必便是幽灵吧。实际上这条路的

20

景象，与其说是人家，倒不如说更适合鬼怪居住。

就在我们从狭窄的小路将要拐进稍宽的道路上时，终于找到了一辆人力车。那里有家日本式的炒面店——令我感到不可思议。这样的地方会有什么人来吃呢？若有来吃饭的客人，那一定是幽灵了。哦，说不定，那店主老头儿就是幽灵。——有一个车夫正在那里吃着烧卖什么的。向导让我坐上那辆车子，自己跟在后面。时而自车后发出异常的叫声，命令车夫道："往右拐""向左去"。接下来我们去哪儿，似乎他自己也不太清楚。

走出两三百米远，向导总算又找到了一辆人力车。两辆车终于跑出了废墟，开始哐当哐当地在另一条街道上奔走。我对这条街道似乎有记忆，但还没弄清楚方位。左边出现了一家悬挂着"太白遗风"牌匾的店铺。经过时瞧了一眼店铺，像是乡下的酱油铺子，摆放着几只烟熏得黢黑黢黑的大木桶，也像是油铺子。根据"太白遗风"字样推测，则是酒馆儿。我不由得想起了佐藤春夫的《李太白》①。把这个牌匾说给佐藤听，他一定会十分感兴趣的……

走出十多米，见到一个类似吉原②的大门，门上依稀可辨"秦淮桥"字样。若是"秦淮桥"，照理今晨曾经过这里。刚才离开了夫子庙旁的餐馆，现在竟又被拉了回来。车子似乎越过秦淮桥，再次朝夫子庙方向跑了回来。不过，来到起初的利涉桥桥头时，没有拐向夫子庙而是照直过桥往前奔去。我曾到过这桥下，今晚是头一次过桥去对面。不知那里是怎样一番街景。就在我这么暗忖时，车

---

① 佐藤春夫（1892—1964），日本诗人、小说家，《李太白》为其创作的中国题材的短篇小说。
② 旧时东京台东区的妓院集中地。

21

子在河岸街道往右拐了进去，接着又拐向左边。月亮完全隐退，夜色浓重，黑暗中完全摸不清街道的状况。只有先前那粗俗、冷冰冰的灰色墙壁，古城墙一样默默延伸。时而有杂草丛生的空地。无疑，我们是在不断地向着郊外荒凉的地方奔去。跑到墙壁的尽头，来到一片空地，裹着潮湿气息的寒冷夜风不知从何处悄悄逼来。随着四处暗淡风景不断地沁入身心，我愈发感觉三十分钟前的那个美人面容历历在目。无论我如何反复思索，都觉得在这样一个废都城中，见到那么一个美貌女人，简直如同做梦一般。事到如今，我甚至开始遗憾自己吝惜那四十块钱……咯噔！车子剧烈地弹跳了一下，在极其凸凹不平的道路上向右边拐了进去。只见左边排列着两三户人家，右边是一个古池塘，池塘边五六棵老柳繁茂枝叶好似黑色屏障垂落，伴着风儿发出簌簌的声响来。池水灰暗泛着浑浊的水光，跟随着那些柳叶微微颤动。我们的车子停靠在了左边顶头的一家门前。这儿亮着一盏门灯，上面有"××妓馆"字样，朱笔文字已经完全剥落了，前面两个字完全无法辨认。

住家门口比刚才那家还要昏暗。中国向导在门上轻叩，墙壁的一部分仿佛山洞一样凹陷了进去，将我们吸进了里面。外面的黑暗一直伸展进了屋内，以致判别不清从什么部分开始算是进到了屋里。我们身后嘎吱一声，响起了关上门板的声音。我回过头去张望，眼前只是一片黑暗，分辨不出刚刚跨入的门是否存在，也看不清给我们打开门的那个人影。外面好歹有柳树、古池塘，里面却除了黑暗还是黑暗。我们的确是从墙壁的另一端跨入到这边来的，但到底是什么时候，又是如何越过那堵墙的呢？凝视身后的黑暗，甚至觉得墙壁本不存在。柳树、古池塘的世界被土墙、被更加无边无际的黑暗厚壁严重遮隐。我想起幼年时，到漆黑一团的走廊里看全景立体画时，便是现在这样的心情。

接着堵在我前方的暗地里嘎吱一声响。原来有两道门，那里还嵌着一扇门。门板背后亮着微弱烛光，一个黑黢黢人影像蝙蝠似的飘近前来。刹那间，我不禁毛骨悚然。在这漆黑一团、进门却不见门的暗室里，万一被歹徒胁迫怎么办？岂止胁迫，即便被残杀抛尸，谅也永远无人知晓。这暗娼魔窟，如海底一般与世隔绝。

向导跟那男人嘀咕了几句，带我向门的方向走去。中庭四边围着闺房，布局跟先前那家大同小异。无论是中庭的面积，还是闺房的间数，这边还是超过了那边。在铺着石板的中庭正中，放置着一张粗糙的矮饭桌，五六个女孩儿冷地里缩着肩，正就着什锦酱菜类的咸菜喝粥。女孩儿们惊恐不安的可怜相，酷似土墙仓房屋檐下偷食的老鼠。向导这里那里地瞅了两三间闺房后，为我们挑了一间看似干净的房屋。屋里也是一盏油灯。不过，或许刚才的通道过度昏暗，这儿比想象的明亮，但是房间里寒碜的光景却没有丝毫改观。房间一边有张挂着幔帐的女人寝床，另一边照样摆放着椅子桌子，除此没一件称得上装饰的物品。我挑开幔帐开口，瞧了一眼睡床，不洁的褥子上轻飘飘蜷缩着一条毯子。我以为床上没人，微微动了一下毛毯，下摆处竟依稀露透出一个米杵子一般可爱的缎子绣鞋。看那鞋尖，我直觉这儿睡着一个娇小窈窕的女孩儿。睡床底下绷着柔软的藤网，人睡上去理应凹下去的。可是承载她轻柔身体的褥子却平平绷紧，如同承载着丝毫没有重量的棉花。

"喂、喂，还不起来吗？"

我用日语这么说着，两手在毯子上推了推。毯下传来柔软肉体的明晰触感，我仿佛触碰到了赤裸的手臂、胸脯、腿脚。女人自己撩开毯子，揉搓着眼睛，无精打采地坐起身来。她穿上淡黄色的棉布上衣，瞪着黑色圆鼓鼓的金鱼眼，噘起厚厚的嘴唇，脸上充满了懵懂茫然的神情。接着她两手仍插在上衣袖里，哆嗦着爬出寝床，坐在了我的旁边，而后表情冷淡地嗑起了西瓜子。

"这女人怎么样？不喜欢吗？不喜欢的话，这里还有很多女人呢，把外面的女人都叫进来看看吧。"

眼前这女人的容貌自然无法比拟刚才的那个美人。我遗憾的表情溢于言表。

"很多么？那就让我瞧瞧吧。都看了后，再招呼一个最好的吧。"

"好吧，没有问题。"

于是中庭喝粥的女孩儿们一个个出现在我面前。她们来到闺房门前，挑开舞台帷幕一样的门帘儿，然后发条玩偶般走进来，站住脚，一娇态一媚眼，又悠悠然消失在门帘儿一端。那劲头就像名妓照面初访客。一个接一个，总共十来个人。却没有一个让我有些许动心。所有都跟老鼠一样脏兮兮的。结果，还是眼前这个女人算是最好的。

"还就是这个最好。老爷不喜欢吗?"

"可跟先前的那个比较，身材、相貌都差多了啊。"

"那当然。先前那个美人可不多见啊。那可是顶级艺伎，才那么傲慢。这儿是二流，留宿亦可。如今生意不好，没钱赚，肯定价钱合适。"

女人明白向导的意思，殷勤备至。我却愈发兴味索然。女孩儿名叫陈秀乡，说是十九岁。其实她脸庞娇小，并不十分讨厌，但衣裳极显污秽，尤其让人不中意的是皮肤粗糙。望着她皮肤粗糙、色泽黯淡的手指尖，我眼前不断浮现的是先前那个美人光泽如琉璃般的细腻肌肤。

"怎么样，老爷？住一宿？说是才十二块。"

"不要、不要。我真的没兴趣……今晚，还是回旅馆休息。"

"是么？这就回去吗？……"

向导望着我扫兴的面容，有点儿不大情愿地说。

"那回去的路上顺道再看一家？再不行的话，就回旅馆。"

"顺道的话也行啊。不过，都差不多对吧。别处也不会有先前那样的美人。"

"啊哈哈哈，老爷迷上刚才那个女人了。那就去找个同样的美人吧。妓女要价太高！普通人家非专职的女人中有好的。要价不高却十分漂亮。"

"有非专职的接客女人吗？"

"当然。但极其秘密。那样的地方，没中国人引领绝对不行。我知道一家。我们去那儿看看吧。"

我甩开眼前拼命挽留的女人，离开她的房间，再次穿过中庭走入漆黑一团中。从暗门两道的土墙里来到古池塘边的道路旁时，我总算松了一口气。

第三家所谓"非专职"的女人，好像在夫子庙往四象桥方向去的道路附近，那里有一片乱糟糟、犬牙交错的地区。我记得到了利涉桥，又向北边折回，然后沿姚家巷狭窄的道路，顺着警察署外墙走去。可接下来怎么走，记不得了。不过根据后来返回旅馆所经路途，那家的位置，大概是四象桥往南走到头的丁字路口附近。查了查南京街市的地图，那一带叫奇望街，地点正好在警察署背后。在警察身边偷偷赚钱，也真够大胆。中国的警察或许没那么严厉。外部看去，警察署也好女人家也罢，都默默地由土墙围着，那个区域像是住宅区，就连高档艺伎的住屋都那么阴森森的，更不必说非专职的女人家了，昏暗而寂寥。周围漆黑一团，深夜室外刺骨的寒气直接透过屋内的石板地面不断逼上来，空荡荡没有任何取暖设备的如同洞穴的房屋一角，一个十六七岁的姑娘仿佛荒芜寺庙里安置的木雕佛像。她冷得下巴不停地打颤，瞪着双眼，惊讶地望着突然出现在眼前的异国男人。那圆瞪的眼睛不是中国式的，既不美丽亦不醒目，细长的眉眼里带着充满无尽哀愁的湿润。她蹙着倔强的粗眉，一言不发地站立着，容貌并不比先前的那个美人逊色多少。尽管皮肤呈亚麻色，略黑，但整个肌理细腻，黑色绸缎衣服包裹着的四肢的骨骼好像鲤鱼一般柔美。她有一副日本美女一样的鹅蛋脸，小巧、淡泊的面庞没有先前的那个女人娇媚，但是若把先前的美人比作红宝石，她则好似黑曜石一样忧郁。从她寡言少语的口中，勉强知道她年方十七，名叫花月楼，出生在扬州。

“的确，这个女人不错。不过像是心情不好，简直就是在生气啊。”

“哪里是生气。这是普通人家的姑娘啊，害羞呢。提出留宿，我想没问题。”

这时，姑娘紧蹙的双眉更趋严峻，噘起嘴唇扯住向导嘀嘀咕咕发牢骚，湿润的眼眶里仿佛就要落泪。

“看这样子，根本不会答应。她是说让我们回去对吧？”

然而与我推测的截然相反。向导解释说，姑娘是在哀求今晚一定请留宿。

"她说兵荒马乱，没有客人来，因此很难。起先说要十块钱，后又降价到了六块钱。再商量，没准儿降到三块钱。怎么样？老爷。三块钱能干啥呀？"

不一会儿，充当老鸨的老太婆也走了进来，跟那姑娘一起叽叽喳喳说着。果然如向导说的，她们终于降价到了三块钱。

谈价结束了，向导跟老太婆退到了别的房间，姑娘放下门上的木闩支上顶门棍。然后她唧唧咕咕说着什么我听不懂的话语，一边露出了她的笑脸来。藏着忧郁影子的眉眼、口唇，出乎意料绽露出丰富的表情来。她在尽力向我谄媚。我的中文，片言只语都说不了，对姑娘可爱的谄媚无以作答，无限悲哀。

"花月楼、花月楼——"

我只能用中文不断呼唤她的名字，并用两手捧起她细长的面颊。这么双手捧起她的脸庞才发现，姑娘有着双手可以捧住的娇小可爱的脸盘，骨骼柔嫩，双手用力一夹，便有夹碎之虞。鼻眼如同成人般端正又似婴儿般娇嫩。霎时，我感到一股激情涌上心头——不想放开眼前捧着的脸庞。

（《中外》大正八年①二月号、《新小说》大正八年三月号，续稿
原题《南京奇望街》）

---

① 即公历 1919 年。

苏 州 纪 行

　　我去苏州游历，是在去年秋天的十月二十二、二十三、二十四、二十五日前后四天。第一天上午由南京出发，观赏着中国最丰饶的江南绿野风景，傍晚五时许抵达阊门外的苏州停车场，又乘马车在平坦的南北壕大街跑了一里半地，日暮时分到了日本租界。途中渡过戈登桥时，看左边城壕人迹寥寥，无法想象长龙般的城墙里包拢着繁华的苏州市街。无限沉寂中的城墙，仿佛大牢的外垣，打破沉寂的唯有耸立其中的灰色高塔。高塔兀然矗立在水一样澄澈的夜空，天地亦死一般沉寂。盯盯地看，竟会产生某种莫名的幻觉。第二天，骑着驴子过了吴门桥，过了盘门才算进了苏州城。由孔庙走过沧浪亭，护龙街直走再过饮马桥、乐桥，观前大街的繁昌和陶器商、宝石商店铺的冷清一览无余。参拜了玄妙观后，重返护龙街，过禅兴寺桥、装驾桥、香花桥，观桥畔北寺塔后，寺前左拐出桃花坞大街，过草家桥沿壕沟至四义桥下，贴城墙内侧左拐，再渡过水关桥，总算返回了城外阊门边的吊桥下。吴门三百九十桥之谓真是名不虚传。苏州的市街运河纵横贯通，因而桥多无数且皆为石桥。一旁看时，那美丽的拱形竟高过百姓的屋舍，像彩虹一样悬于水上。在我看来，此乃东洋威尼斯。然后我们去了郊外的留园西园，登上虎丘，由羊群打盹的塔边高台处，远望附近一带的平原，最后赶着驴子造访了有名的寒山寺。德富苏峰等许多人有过关乎寒山寺的纪行文或谈话，也屡屡听人说到寒山寺是个无甚可看的处所。可我却有完全不同的看法。即便寒山寺本身没有看点，其附近的运河景色——枫桥、铁岭关一带的风光，我至今难以忘怀。比之山国景色，毋宁说我更加喜欢的是水乡景色，尤其喜欢的是穿城而过的河流景色。或许正是这个原因，一日游使我对苏州产生了深深的眷恋。我过度喜欢运河景色，第三天去天平山看了红叶后，顺道又租画舫重游了一遍运河。下面记述的正是第三天的游历。

完整的苏州纪行，本应从第一天起笔。但去年岁暮，中国回来后不久家父罹疾，急急返回日本桥家中护理，到底无法静下心来写稿。百般无奈，只能躺在二楼的病室见缝插针地口授笔记生，好歹完成了有限的篇幅。当时心想日后有时间，再补足前后的记事罢。诸君姑且读之。

十月二十四日，上午八点半前后起床，正吃早饭，女佣从下面上来说：船已备好，请准备出发。说是船停靠在旅馆前的护城河上。女佣焦急地絮絮叨叨解释：这不是骑毛驴，乘船花时间，何况到天平山路途遥远，不尽早出发的话，回来时天就黑了。说实话，我无所谓看天平山红叶，倒是想看沿途运河的景色。尤其今天礼拜天，听说观赏红叶的日本团体游客自上海蜂拥而至。跟他们凑在一起，感觉像是在泷野川①郊游，真是扫兴。所以，我想尽量减少看

---

① 位于日本东京北区，观赏瀑布、樱花、红叶的著名游览地。

红叶的时间。总之，今天如愿雇到了船。否则走陆地，不管愿意与否，都必定跟那些游客挤在一起。并且，大概是因为昨天乘骑了一天的驴子，臀部的皮肤擦破了，现在火辣辣地疼。今天无论如何也没精神骑驴子了。

来到船边，旅馆的老板娘已先我一步登上了船，正等着我。昨天是旅馆的领班带我去参观的。今天领班被派去带团体游客，于是改由老板娘带我。老板娘五十来岁，皮肤浅黑，身材短小，面容冷淡。与其请一个容貌可爱健谈的女人带路，或许这个老板娘更好一些。但我想一个人无所顾虑地欣赏河川风景，那么连这个老板娘似乎都是多余的。其实只要会点儿中文，就无需导游。其实有导游，也会时时忽略掉名胜与风景。昨天带我去看西园的戒幢律寺就是如此，领班热心地带我看殿堂里庸俗低劣、闪闪发光的五百罗汉，却忘了告诉我殿堂近旁有纯粹的中国式林泉。不仅如此，去虎丘竟没人提醒我那儿的古代真娘墓。位于路旁又小又破真娘墓，初访者无法觉察。不知是因为无知呢还是心不在焉，上了明信片的名胜竟然不知道。真是玩忽职守。反正我是一肚子怨气，所以决定从今往后绝不轻信导游。导游只是做做翻译而已，我最终都是根据铁道院①发行的旅行指南和地图，按照自己的意愿游历。今天乘船，原打算不要导游。可归途想去阊门外的中国菜馆，结果还是请了一位导游。

说到"画舫"，本来船上应有许多歌伎，边唱歌，边饮酒吃菜，充分领略水乡情趣。但是据说，画舫客多繁忙是晚春初秋，此时已很少有人乘坐画舫。叫歌伎乘船一日游，需要五十银元（折合约为

---

① 日本因铁路国有化于 1908 年设立的管辖铁路的内阁直属机关。

一百日元①）。只好打消了那个念头。前几天在南京的秦淮也乘了画舫。但今天的画舫比南京的稍稍漂亮些。船的中央部有像似日本屋顶形船篷一样的船屋，在通往船头的左右整个拉门上雕着金地黑牡丹。船屋内正中央摆放着一个四方桌，周围置有椅子，船屋的两侧是镶有玻璃窗的门板。门板上也刻着金色的梅花图案。里面的左右两根柱子上分别挂有对联"一帘波影"和"四壁华香"。为了观赏船外景色，我走出船屋，坐在了船头的椅子上。当日仍是个好天气。南方多雨水，可一旦放晴就很少下雨。尽管不似昨天那么暖和，但是跟日本的十月比较起来，还是大不相同的。其实自去了南京，我一直只在毛呢夹衣上套了件防水衣，没有丝毫寒冷的感觉。总之四五天前在南京，还能听到蝉鸣声，可以想象天气有多暖和。这一带春天颇短，秋天气候却持续很久且春天般温暖，风和日丽。

很快，解开了缆绳的画舫离开日本租界的石崖，船头一转，面向西方出发了。我看了下表，正好是九点过十五分的时间。这边护城河的幅度比东京的外护城河宽一些，护城河水自然也是满满。在船右舷一边，万里无云、湛蓝的天空下蜿蜒连绵前天傍晚看到的梦幻般的城墙和高塔。并且跟昨天一样，大概是因为城墙对面的天空异常晴朗的缘故，我怎么都难以相信这天空下竟是三十万人口的大都会。无论城墙的石墙多厚，其后面城里街道上的熙熙攘攘多少应会传出，可我在这里却听不到丝毫喧闹，四周静悄悄鸦雀无声。我凝视着那一片晴朗的朝霞辉映在肃静的城墙上，觉着连城墙壁都好像是戏剧舞台的大道具。

---

① 大约相当于当时日本家庭平均月收入的 3.5 倍金额。

32

"您请看那边，还有那样的鸟在那边飞呢——"

坐在船屋里的老板娘正朝船头这边伸出头来，手指着城墙的上空。真的，在那上空有五六只雪白的鸽子一样的飞鸟，结伴成群正横穿过护城河向郊外的方向飞去。问是什么鸟，老板娘答曰：不知。

船的左舷岸上有苏纶纱厂。驶过那段水路，左边运河上出现了甘棠桥，右边的城墙外廓处也不知什么时候出现了五六户人家，房屋的白墙在阳光的辉映下光亮夺目。河面上来来往往的船只渐渐多起来。有像似来自大运河的帆船、中国式帆船、小蒸汽船、发动机船，各种各样的船只有的从前方有的从后方纷纷驶近前来。船只中还夹杂着搭有草苫子的乞丐小船。

"乞丐在那样的船上居住，大概是一家五六口人。"

老板娘这么解释道。

很快，我们的船来到了苏经丝厂砌着砖瓦栏杆的河畔。然而此时在我眼前，吴门桥的石拱桥孔正敞开胸怀迎接我。昨天跨越这座桥时，石阶太陡，我得翻下驴背，可见桥拱之高。此刻在船上，从桥拱下可以看到桥那边户户人家的屋瓦，以及远方半空朦胧云雾中的虎丘塔和灵岩塔。穿经桥拱时，可清晰辨认拱孔左右柱子上的刻字——"同治十一年壬申夏四月"和"苏省水利工程总局重修"。

过了桥，护城河往右边弯去。我们的船却很快告别了护城河，在水门塘附近驶进了左边的运河。那一带比日本租界附近热闹，两岸人家鳞次栉比。左边是下属警察驻扎所的所在水仙庙，庙前有两三个警察伫立，好奇地望着我们的船只。右边街上只有乱七八糟地排列着的肮脏、矮小的房屋。河道变得更加混乱杂沓，令人想到深川的小名木川①。有刚才提到的乞丐船、泥船、捞虾船、运肥船，还有嘎嘎叫着的鹅在船的空间吵吵嚷嚷地游荡水面。一个像似街上人家主妇一样的女人，正蹲在河边的石阶上用竹刷子刷洗盆子洗菜。在这段弯弯曲曲的河道上行驶了约一百来米，右边的街上又出现了一条狭窄的运河，上面也架着一座拱桥。我们的船向着那条河道拐了过去。

天空中依旧飞舞着白色的小鸟、喜鹊、乌鸦。船老大显得轻松自在，吸着一根长烟管悠悠然摇橹。两岸人家渐渐稀少，堤岸也一改石墙，变成了绿色杂草丛生的河堤。运河流过平坦的姑苏城外沃野，一条直线地流向远方。我时而爬上船头，眺望河堤那边的野外景色。河堤比想象的高，视野不好，河堤那一边像似一片田地。有时可以看到墓地，从这边的河堤下只看到土馒头及墓碑的上部。这一带地方可能富裕，普通当地人的墓地也相当漂亮。在"满洲"荒野里的墓地，仅仅是隆起一个潦草的土堆，几乎没有一个是立有墓碑的。然而，这里无论是多么简陋的墓地，一定立着一个作为标志的石头。其中还有的墓地用水泥加固，并围着富丽堂皇的影壁或缠绕着茂盛的竹丛。墓地外面时有羊群从河堤下通过，那些羊群也只能看到背部。雪白的棉绒般的羊毛，如同背后的蓝天上飘落下的一团白云。蓝天上有只鸢，正静静地画着弧形飞在空中。来去的船只也稀少了，偶尔见一只挖泥船正在挖采河底的淤泥。前方出现了一座新的拱桥。再一看，在那座拱桥的前方还有一座拱桥，而那座拱

---

① 日本东京江东区的河道。

桥的前方还有一座。三座拱桥间皆相隔一公里许，几乎都是同样的弧形状，拱洞重叠着。运河流经那些拱洞后，渐渐地细细远去，消失在原野的尽头。河面两岸有一丛灌木林，林子的枝叶似乎遮盖着潺潺流水。这边望去，灌木林处实在如同清澈秀丽仙境。童话中说的老爷爷、老奶奶居住的村子，没准儿就是那样的地方。并且，桃太郎①的桃子漂流的河水或许正是这样的河流呢。特别是林子背后耸立的山姿，更加衬托出河面仙境般的感觉。不，"耸立"一说不妥，那是山岗，形似高高的山脉……或许因为离得很远，山脉的形状看上去极其平缓、溜圆，仅仅看似丘陵一般。同时那山的表面就好像被水清洗过了一样，尽皆漂亮的石头。何况是宽阔原野中矗立的唯一的一座山，宛若盆景中的假山。衬托河面的这些山脉、林子都披戴着淡蓝色的霞光，置身于秋天凌晨清澈的空气中，那景致用语言实难形容。这时河面的仙境里缓缓驶来一只船，宛若桃子漂过来一样慢悠悠划近前来，听不到摇橹的声响。行船钻过第一个桥拱，钻过第二个桥拱，又钻过第三个桥拱，渐渐地驶近我们。那也是一只画舫，跟我们的大小差不多。船屋里乘坐着怎样的客人不晓。但见船头船门左右，分别蹲坐着两个歌伎。右边的穿着黄色的衣裳，鹅蛋脸儿，肤色白净；左边的穿着褐色的衣裳，大大的眼睛，肤色较黑。两人都单立起一边的膝盖，托腮蹲着，一动不动。在她们背后遥远处，有那盆景中假山般的小山陪衬，两个女孩儿宛如盆景中的偶人一般。船只交错而过，我偷偷瞥了一眼女孩儿的面容，皆如偶人般美丽。肤色较黑的女孩儿用她那独具特色的眸子向

---

① 日本民间传说故事中的人物。故事说的是从桃子中诞生出来的桃太郎带着狗、猴子、野鸡去鬼岛打鬼。

我投递了一下目光，依旧身姿未动，很快，画舫便徐徐地离去了。我乘坐的画舫自这边开始依次往那三个桥拱钻行而去。第一个桥拱上刻有"两岸桑麻盈绿野""一溪烟雨带春山"；第二个桥拱上刻有"两岸桃花迎晓日""一渠春水漾恩波"。这时，看到远处那座好似盆景的小山背后还有另一座山。新看到的那座山整个被红叶覆盖，红彤彤沐浴着秋日的霞光。接近第三个桥拱时，河流面目一变，完全没有了运河的特点。水面浑浊漂浮着无数落叶、树果及浮草。河堤上抽穗儿的芒草，大量茂密地生长。芒草丛中夹杂着盛开的菊花。莫非画舫驶到了方才远处看到的那片林子前？岸上的树木不知从何时开始增多了，树干很大的杨柳、黄栌等长长的树枝交织在一起，河面上投下了一片阴影。河水如同蓝色的寒水石一般淤塞着。树叶的投影映出斑斑纹状，好似投下了金属的碎片，散乱着片片光亮。不一会儿，在船舷的右边树木最为茂密处出现了牛王庙的白墙。穿过第三个桥拱后不久，河流到了尽头。

我们的船划至右岸码头，沿河岸追逐我们的一帮百姓妇女一下子蜂拥而至。我以为是乞丐呢，结果不是乞丐，是抬轿上天平山的轿妇。老板娘跟女人们用中文不停地交涉，终于谈妥了，一台轿子五十钱。随后，我们便坐上抬轿出发了。

说是抬轿，跟日本的登山抬轿完全不同。藤椅两边安上两根长棒，两个女人一前一后扛着行进。棒子起弹簧的作用，走到坑洼不平的道路上时，自然会悠然舒服地上下颠荡。我前些日子上庐山，已坐过这样的抬轿了。不过那时是由四个骨骼强壮的轿夫抬着，今天却是两个看似纤弱的女人。当然，庐山、天平山，无论山高还是路险，都无法相提并论。这里轿妇许是合适的。庐山的话，稍有闪失便会落入万丈深渊，那可不是开玩笑的。今天即便掉下去也无大碍。何况山在眼前，顶多两三公里的路程。

我们穿过了农田、桑田、竹林、小河，路虽不宽，倒也平坦。一帮身着西装、像似公司职员的日本年轻人挥鞭骑驴，跟老板娘点了点头便超越了我们的抬轿。看架势，是来自上海的团体游客。竹林另一头传来叮铃叮铃声，一中国人骑着系有银铃的毛驴，正在返回的路上。为我扛抬轿的，前面是五十有余的老妇，后面是十七八岁的姑娘。那老妇夹杂有白发的头发盘在脑后，用黄铜簪子别着，她身着蓝底白花扎染衣衫，耳朵上挂着镀金或黄铜质地的耳环。身为轿妇，却戴着奢华的耳环。不过，在中国哪怕乞丐戴耳环、戒指也是正常的。我并无惊讶。这一点不算什么。却说抬轿来到坡道较陡的地方，老妇竟故意夸张地上气不接下气，呼哧呼哧发出引人同情的喘气声，最后是放下了抬轿，让我自己走上坡去。

"什么啊，这些家伙耍滑头，是想要小费。"

老板娘说罢，凶狠地斥责轿妇。一通训斥后，轿妇无奈，再次呼哧呼哧地抬起轿子走道儿。

下午一点来钟，到达天平山山麓。这儿除了几头驴子、抬轿外，还有五六座中国式的典雅轿子。原本苏州的轿子就比北京、南京一带典雅、漂亮得多。总觉得苏州的轿子，像似日本奈良、平安时代的轿子，看着它悄然无声、纹丝不乱地走过来，感觉极其优雅，不知会是怎样的佳人乘坐着呢。不过今天乘坐这轿子，或许是参加日本团体旅游的夫人小姐们。

接着登山时，想必要跟这些团体游客同行。我想赶紧看上一眼红叶，趁天亮返回画舫去寒山寺，并想乘船转转阊门外运河一带，那里是《剪灯新话》中《联芳楼记》美丽两姊妹兰英、蕙英居住的地方。我这么盘算着下了抬轿，不住脚地攀山而去。

天平山很可爱，与其称之为"山"不如说是"山的模型"。当然它比东京的爱宕山大多了，跟武州的高尾山相比却又矮得多。站在山谷仰望，只见唯一的一座山峰如同一根竹笋笔直地耸立。竹笋的表面，有些地方黏着形状非凡的奇岩异石，整体却像个小巧玲珑的玩具。这座山对面还有一座山，形状不突兀不圆缓，可爱的感觉酷似奈良的若草山。我伫立山麓恰在两座山间的峡谷。这一带幽邃闲静，红叶也比山上多。这里的树形也与日本的枫树大相径庭。粗壮的黑色树干呈现出粗犷线条，大树雄壮得像一根根烧焦了的柱子一般。红叶像似剪碎了的纸片贴附在那些树干的表面。周围并非彤红的明快景色，倒给人一种宁静安然的寂寞冷清感。气候尚暖，树叶未能红透，然而茶褐色的清澄叶片与黑铁色的树干相衬，配色极其美丽。纤细光亮的叶子一片片呈现出罕见的艳丽，在微风摇曳中神经质地颤栗，而后旋转飞舞着，悄然无声地如同灰一般飘散而去。天平山的白云寺，据说是宋代为范仲淹所建，此时寺里的白墙在山谷外围那些枫树间若隐若现。不过带路的老板娘照旧没兴趣看那个寺庙，露出一副除了赶路便没事可做的劲头。她头也不回、脚不停步地开始登山。

"那边像是有寺庙，那是叫作什么'云'的寺庙吧？"

我佯装不知地问道。

"啊，那寺庙叫什么来着？这一带称作天平山……"

果然，向导连这个寺庙的名称都不知道。

"爬到山顶那儿有什么呢？"

"也没什么，只是风景特别漂亮。"

老板娘冷淡地答道，蒙着头自顾自继续往山上走去。我故意慢慢腾腾，边走边在半道上东张西望。老板娘的身影不知什么时候从我的视线中消失了。

在半山腰快到山顶的地方有个白云亭。进门后，九曲回廊。回廊的左边有个小小庭院，四周凿山砌石。岩石间荡漾着名泉"吴中第一水"，这儿的石头上刻着"云冷泉清"等字样，赞美泉水清冽。但实际看到的泉水却泛着绿色，浑浊得像似残留着污垢的浴池水。回廊尽头的客堂门前，听得吵吵嚷嚷人声。前面提到的团体游客正在里面吃午饭。堂内有两间房屋，窗外远方看得到灵岩山景致。身穿西服的年轻人们围着圆桌，有站有坐地嚷嚷着。套间里端坐着夫人小姐两三人。来中国后这是第一次看到身着盛装的日本妇人，我便生出一丝好奇，觍着脸挤入团体人群中。夫人一行感觉甚好，容貌端正，典雅大度。我在南京见过中国美人——跟那种女人比较太失礼，比较之下更觉着日本女性优雅。

老板娘先我一步到达，端茶分发盒饭忙个不停。寺里和尚提来装满开水的大茶壶，往大家的陶土罐子里斟水。昨日给我带路的领班也在，此外还有一个十七八岁的年轻人，身穿西装，头戴鸭舌帽，中文讲得十分流利。年轻人看到觊觎剩余盒饭的轿夫、苦力推推攘攘，正厉声呵斥。

"我儿子，十七岁。瞧那筋骨，瞧那个头儿。跟中国人打架没输过。五六个强壮的苦力也敌不过这小子。而且，中文好得像个中国人，英语也能说。客人们都是贵宾，大家都说只要这小子在，比带好几个导游都安心。所以不论去哪儿都带着他。"

态度冷淡的老板娘，这会儿很周到地介绍道。

"……有烟吗?"（英语）

那小子用英语跟领班说。

"请给我一支。"（英语）

他跟领班要了一支三炮台牌卷烟吸起来。即便老板娘的话一半掺水，眼前这气色不错的少年也给人活泼、机敏的感觉。不过这小子才十七八岁，就学会打发猫狗一样对待中国人。那么自认已是一方霸主的日本人呼啦啦拥入中国，中国会有很大的麻烦吧。说到底这小子人不大却有些嚣张，自然是做父母的不好。

"让日本人占便宜没关系，中国人一分不多给。"

老板娘跟那些轿夫交涉时这么说。我对她的说法很生气。照她说的为日本同胞着想，就该改善旅馆设备，至少住得比中国旅馆舒适呀。按我的经历，虽说语言不便，中国人的旅馆真不知道比老板娘的旅馆经济、周到、干净多少。（尤其是南方的旅馆。后来发现，哪怕只是片言只语，南方的中国人旅馆多半有一两个男侍会英语。或许还是住到中国人的旅馆更好一些。经费可以省下一半。日本人这般糟糕的旅馆，容后叙。这里只是稍泄余愤而已。）该不会旅居中国的日本人都如此浅薄吧——什么"中国人一分不多给"。来此游历，遇见鄙俗同胞总之心中不悦。老板娘是个女人，也罢。希望日本的男人别这么小家子气，对中国人持慎重的态度为好。

团体客离开后，我独自悠然打开盒饭。窗外灵岩山黛色朦胧。传说山上从前有宫殿馆娃宫，西施的居处。那里尚留有她花前晨月、一夕弹琴的琴台遗址。

馆娃宫中麋鹿游，西施去泛五湖舟。

我不禁想起《联芳楼记》苏台竹枝曲的文句。五湖指太湖。登上那座山，据说五湖景色一收眼底，恰似站在比叡山上俯瞰琵琶湖。西施在我看来，与其说是历史人物，总觉得更像从前传说故事中登场的公主。除此而外，我对西施一无所知。一想到那个公主的故乡就在眼前，仿佛远在天边的梦境突然显现于眼前，实在不可思议。这跟探访日本历史古迹时的感觉大相径庭。

从这儿到灵岩山，说是约六公里路程。我原本想去看看，但更加吸引我的还是回程中的运河。无奈决定留待下次。

"哎，该走了。"

老板娘催促道，随之走出白云亭，跟刚才一样不停步地往山下走去。我正充满幻想地眺望着山上风光，顿时觉着内心有些别扭，归途突然一个人走进白云寺，且在寺里挨个儿仔细观看了上山时漏看的内容。寺里的建筑并无太大价值，但让那个没责任心的导游干等，心里痛快。我在寺里踯躅了约莫三十分钟，而后悠然走出山麓大门。我看到轿子前老板娘茫然伫立，窝在心头的怨气算是消去了。大老远跑来中国，实在没必要这样自寻烦恼。可是无奈就这脾气。

然而心中不悦，使我犯了一个大错。一个三十五六岁瘦高个儿的男性乞丐，一直执拗地跟着我，嘴里可怜巴巴地嘟囔着。他时不时绕到我前面，双膝着地跪下，无限悲哀地伸出双手来。哀求声跟刚才那个抬轿老妇上坡时发出的哀鸣如出一辙。我心想，就得跟老板娘唱反调，她说"中国人一分不多给"，我偏偏扔给乞丐两钱铜板。满以为乞丐会心满意足地离去，不料他竟带着怨恨似的眼神瞪着两钱铜板，没完没了地继续乞求。那哀求声仿佛余音袅袅的小曲，乞丐竟比之前更加猛烈执拗，最后还用满是污垢的脏手拽住我的外套衣角。我终于忍无可忍。

"混蛋!"

我不禁大声怒斥。

"给了两钱还嫌少吗？这要饭的没完没了嘟囔什么呀!"

这时老板娘跑了过来，我这样说着问道。

"不是两钱嫌少。这两钱的铜板是不能用的，所以想要换成一钱的铜板。这样的家伙不能给钱，一给，别的乞丐就没完没了拥过来，烦死人了。用不着给他们钱。"

老板娘重复着她的一贯主张，又从自己的钱包里拿出钱换给乞丐。然而，老板娘不会破了自己的规矩白给钱。给钱之后，她让乞丐从高处掐了一两枝红叶来，好歹怒容消散。

返回的路上，姑娘换到前面，老妇换到了抬轿后面，一颠一晃地往回走。路窄处背后赶上的骑驴客老大不耐烦，催促快走。下午约莫三点来钟，我们回到了上午画舫停靠的河边。五六个孩子乱哄哄围在船边，跟船老大夫妇说东道西。我以为是村里的孩子呢。三个孩子却像要跟我们一同乘船。原来是船老大夫妇的孩子。这些孩子跟我一同乘船来的？怎么来时路上一点儿没有察觉啊？大概是躲在了什么地方吧。老板娘拿出旅馆带来的日本点心分给孩子们。可能船在河岸边停靠时间长了，船里满是苍蝇。我们的船载着那些苍蝇，划开倦怠的河沟水纹出发了。

我们照来时原路折回两三百米，穿过树枝繁茂的树荫地带往左边的运河方向驶去。两岸是杂草丛生的平地。来时看到的那座盆景假山般的小山，这会儿望去，仿佛一头蹲伏着的狮子。船右边的陆地是一片开阔的草原，只见木工们正在兴修工事，不知是在建别墅还是建墓地。悬崖边上还在修筑码头和气派的石筑牌楼。再稍往前是一座墙壁黑亮的房屋，运河从那儿往右弯去。

右弯后便看到左边远处的虎丘塔。今晨通过吴门桥，亦在桥下远远望见，此时再次出现在视野里。从虎丘塔的位置大概可以测出我现时走过的运河位置。我们的船行不久，将至枫桥下。恰如清水塔总伴随着京都一样，虎丘塔也离不开苏州城。自打前天初次从火车的车窗望见那座塔，昨天、今天，我始终看着那座塔在移动。在苏州西北边的郊外，几乎无处不见那座塔。苏台竹枝曲被人一再地引用，此刻不禁想起的还是如下一节——

虎丘山上塔层层，夜静分明见佛灯。
约伴烧香寺中去，自将钗钏施山僧。

这首诗出自兰英、蕙英姊妹家，正是这运河流淌的城外西廓门一带，因此"虎丘山上塔层层"和"夜静分明见佛灯"乃为实际叙景。姊妹俩的时代没准儿夜夜塔上灯火通明，远远便能望见寂静中塔上的灯火闪烁，抑或也能望见塔旁云岩寺里的灯火。其实苏州除了这塔，还有灵岩塔、报恩寺塔以及其他两三座不知名的塔。不仅苏州塔多，中国各地皆塔多。日本不同，日本的房屋一眼望去皆平顶。中国的塔却使周围的房屋景观增添了变化和情趣。傍晚时分赴某城镇，走在田间的小路上或凭靠在火车车窗前，眺望即将到达的目的地时，首先在遥远平原迎接我们的竟是耸立一端的塔。"啊，远处可以看到塔。那里该是城市了。"塔给旅行者内心以无尽的宽慰。

岸上的屋舍一栋栋多起来。不知从何处传来鸭子悠悠的鸣声。我的前方又依次出现了一座、两座勾勒梦幻般曲线的石砌拱桥。在第一座拱桥的前面，有一两只船沐浴着温和的午后阳光，正慢悠悠漂浮在水面上似昏昏欲睡。一只船上晾晒着洗过的衣物，另一只船上覆盖着草席摆满了白菜。穿过这桥，在距离第二座拱桥八九百米处，只见蔚蓝的半空中像是有彩虹横跨。桥正中弓背弧形桥顶上有个人影塔一样一动不动伫立。在晒太阳么？这个身着黑缎子衣裳的过路男客凭栏俯视着桥下河面，像是在等待我们的船自桥下驶过。右岸的河滩堆积着瓦砾，一个女人蹲在一边儿编织箩筐。左岸有家货摊不知卖什么，货架上像似摆着毛巾、扫帚、刷子之类。这一带或是一个小村。两岸茶馆啦肉铺啦铁匠铺啦一个接一个。所有店铺背朝河面。还有许多店铺的平台伸出河面。河水与屋舍的关系亲密无间。河水就在屋舍前，屋舍仿佛戏水中，有时觉得隔开河水的屋舍仿佛漂浮在运河上。尽管是白天，茶馆、肉铺里仍有五六个男子，像是村子里人。铁匠铺里传出叮叮当当不慌不忙的铁锤声。村头右角有家店铺卖竹子，店铺前停靠着几只竹筏。我们的船划过去时，一个男人慌忙从铺子里跑出来，用力把挡在河道上的筏子往岸边拽。

画舫在竹子铺的一角拐向右边的运河。——

"前面就是寒山寺。"

好半天百无聊赖的老板娘似乎突然想起自己是导游，不经心地说。

"噢。"

我只是应了一声，依旧专心地看着河面上的景致。老板娘委实闷得发慌，三番五次想要跟我搭话。

"到上海后，请一定到我们本店玩儿。那里有餐馆有艺伎，完全日本式。"

我依旧冷淡地敷衍道：

"噢。"

心里却说——"呸！"

老板娘显得扫兴，将披风的袖子合拢起，正要打呵欠又忍住了。

这时，两个七八岁的女孩儿在行船右边石崖上，把一只青瓷罐子浮在水面上，专心地看着罐子在水中咕咚咚漂流。对面慢慢驶来一只船，船上像似有个什么黑乎乎的东西在动，以为是什么呢，原来是鸬鹚捕鱼船。那只船的两边船舷上停着五六只鸬鹚，长长地伸着翅膀跟脖子，那只船悠悠地与我们的画舫擦肩而过。左岸边停着一只大头鱼形状的船，船的侧面漆成大红色，船头还画着白鱼眼。河道的正面又出现了一座拱桥，正以优雅的姿态迎接着我们。桥上，也跟方才一样有人伫立。那人手提鸟笼子，身边跟着个身穿红衣的孩子。

穿过桥，便看见在右边茂密的桑田中，寒山寺的顶瓦时隐时现。寒山寺两边，一前一后有两座拱桥夹着寺庙，前面这座一定是昨天看到过的枫桥。载我们来此的岔渠水，在枫桥与丁字形交叉的运河汇为一体，流向阊门外的市街。

刚才沿河岸拽拉画舫的船老大，不一会儿便手缠缆绳跑上枫桥，迅速将缆绳抛给了船上撑船正要穿过枫桥的妻子。

山茹行
俥万兴

　　桥的左边人家屋檐下挂着红笔题字的四角灯笼。寒山寺对岸有片中国少见的小松林。我回头往船尾方向看去，夕阳斜下已届灵岩塔边。

　　姑苏台上月团团，姑苏台下水潺潺。
　　月落西边有时出，水流东去几时还。

　　门泊东吴万里船，乌啼月落水如烟。
　　寒山寺里钟声早，渔火江枫恼客眠。

　　洞庭金柑三寸黄，笠泽银鱼一尺长。
　　东南佳味人知少，玉食无由进尚方。

　　杨柳青青杨柳黄，青黄变色过年光。
　　妾似柳丝易憔悴，郎如柳絮太颠狂。

　　一绹凤髻绿于云，八字牙梳白似银。
　　斜倚朱栏翘首立，往来多少断肠人。

《联芳楼记》

（《中央公论》大正八年二月号、三月号，原题《画舫记》）

西湖之月

　　某年秋末，我作为东京某新闻社特派员长驻北京，公务奉命赴久违的上海出差月余。十一月几日记不清了。反正到达杭州西湖的第二天晚上是一个美丽月圆夜。自上海出发许是阴历十三日或十四日午后吧。杭州之行并无公干。其实上次来上海，苏州、扬州、南京……附近地区都转了转，本想一定去杭州的，却因繁忙失去机会。所以这次出差，趁便一游。

　　虽说是秋末，中国的南方还不算太冷。说来游杭州、游西湖，应在这一带最好的开春时节。恰如高青丘①诗中所云：

　　　　渡水复渡水，看花还看花。
　　　　春风江水路，不觉到君家。

　　恣意体验诗中那般南国风情谈何容易。但正值红叶时节，路旁柳叶尚青绿繁茂，当午冬衣还会冒汗，只是早晚的空气丝丝透凉，反倒令人肌肤爽快，身心愉悦。虽无花红有红叶，日日晴空万里，巧遇月圆之时，西湖的景色实在令游子心醉神迷。这样，我下午两点半自上海北站坐上了开往杭州的列车。

"我去杭州，哪家旅馆好啊？想必没有西洋人、日本人开的旅馆吧？"

我望着旁边的一位绅士，用蹩脚的上海话这么问道。

"没错。"

此人嘴叼象牙烟斗，抽着威斯敏斯特烟丝，肥脸上一对慵懒的肿泡眼。

"没有西洋人的旅馆，但有很多干净漂亮的中国人旅馆，布置成西洋式旅馆的样子，上海来的西洋人也都住那里。最近在西湖湖畔新建的新新旅馆还有清泰旅馆，口碑最好。新新旅馆房间大，景观好，不过离车站远些，不方便喔。"

说罢他冷冷打量我一眼，又悠悠然抽他的烟。那劲头显得不耐烦跟人闲谈。

"您去哪里？"

听我这么无礼地追问，他再次冷冷地扫了我一眼。

"嘉兴。"

言毕将脑袋转向了车窗。

兴许是嘉兴的商人吧。肥胖的大块头体魄，黑缎子衣裳，气势傲慢，凛凛堂堂。唇边稀疏胡须，总觉得有些像黎元洪前任大总统。我对面坐着一个瘦瘦的、年龄约莫五十的上流男士，咕嘟咕嘟地喝茶，跟坐在身旁的太太喋喋不休地说着什么。太太一边说话，一边握着铜质烟管吸水烟，发出叭叭的沉闷声音。这边丈夫也在喝

---

① 即高启（1336—1374），元末明初诗人，曾隐居吴淞青丘，自号青丘子。

茶抽烟，抽烟时嗓子眼儿里喀地发出声响，随即将一口痰吐在了车厢地板上，然后又喋喋不休起来。一个十八九岁的姑娘和一个十五六岁的姑娘，看着像这对夫妇的孩子，坐在太太旁边的座位上。那个十八九岁的姑娘跟黄疸病人一样面无血色，五官却像木刻一般端正，她怀抱着一个四五岁的幼儿，孩子的衣着华丽耀眼：大红色的花绸上衣上，蓝色丝线刺绣的不知是龙还是麒麟，下身是蜥蜴一样闪闪发亮的深绿色裤子。十五六岁的姑娘摇摆手上的假菊花哄逗幼儿。她身穿艳丽的紫色花底衬托着花纹的缎子衣裳，头戴同样质地的帽子，容貌却与姐姐相反，气色极好、胖乎乎的圆脸好似酒溇柿一样，丰润的面颊下，长脖颈上裹着雪白的羊毛领圈，无比优雅。我们六人对坐一张台子（中国的火车上，座位与座位间安置有小桌），座位挤得满满的，身体都无法动弹。当然，车厢里到处都人满为患。早知这么拥挤，不如坐一等车厢；不过坐二等车厢，才能方便细致地观察到中国人诸般风俗。看到这车厢里满登登的客人，便可知晓中国的南方比北方富裕得多。比之京奉铁路、京汉铁路二等车厢上见惯的景象，眼前的座位铺着清洁的草垫，乘务员的身着打扮及台子桌布等所有一切都整洁利落，车厢内似乎没有不洁之处。虽说是周六，二等车厢也拥挤不堪，这一带的中产阶级想来收入不错。一眼便知，这里的乘客跟北方列车上的乘客大相径庭。这里二等车厢的客人都衣着华丽，北方却只在一等车厢见得到。同时女性乘客人数很多，也是一显著现象。在北方，女人很少外出走动；南方可好，歌伎自不必说了，太太、小姐也都与男士手牵手四处游玩。或许是因为这里有上海这样的欧洲风格大都会吧。刚才走进这节车厢，首先感觉到的就是，乘客的色彩缤纷艳丽。当然也有光线的作用，如同日本四月的明媚阳光，普照在江苏一片广阔丰饶的田野上，那灿烂光线强烈地反射到了车厢内。不过乘客中一半是妇女、儿童，鲜艳衣裳也增加了车厢的亮丽色调。毋庸置疑，南方乘客的服饰比北方乘客浓艳绚丽。常有金鱼游弋之比喻，南方乘客的服饰堪比金鱼，金鱼在水面鳞光闪动地游弋。据说中国人喜好体格娇小的女人，许多娇小玲珑的女人像似唐人偶，如此以金鱼来比喻就更为恰当了。我从车厢的这头望到那头，客人中确有绝色美人。正如诗中所吟，自古美女出江浙。当然，多数女人相貌平平，但与我座位隔了三排的前方座位上，有一位大家闺秀似的女人背朝着我倚坐，侧面看去格外美丽。身材似比其他女人高一些，但照我的喜好，这样的高度恰是修长华贵。女人喜好的服饰令人赏心悦目。在那些刺目耀眼的服饰中，唯有此女潇洒地穿着淡青瓷色上衣，脚蹬白色缎子鞋。仿佛金鱼群中掺入了一条异色绯鲤，那样的神清气爽。指尖、面颊的皮肤好似西洋纸张一样光洁透亮，略带淡黄的透明或苍白。我觉得那是混血儿常有的肤色。中国女人的手指原本比日本女人娇柔，这个女人的手指则更为纤细优美。不过，戴在中指跟无名指上的金戒指，让日本女人评价的话，或许有些太大了。戒指上镶嵌着五六个非常可爱、比豆粒还小的黄金铃，每每手指晃动，便会上下左右摇摆，发出丁零丁零的响动声来。多说一句，日本女人对于饰品的嗜好大致有岛国的小气感。我觉得这般耀眼的戒指，配上如此纤细美丽的手指，反倒是十分般配。另外还有一个女人，一个肤色浅黑、圆脸的女人坐在她对面。这个女人也堪谓美人儿。个头儿不高，比刚才那位姑娘年长两三岁的样子，从发髻看许是有身份人家的太太。她佩戴的金耳环上坠着心形翡翠，身着黑缎子衣裳，正胳膊肘支在台子上编织毛线。与其说在编织毛线，不如说正晃动着两根银光闪闪的棒针，在摆弄着编织活儿更为恰当。只见其眼角唇边似笑非笑洋溢着无比的娇媚。刚才的那位姑娘时而支撑起胳膊肘来，从上衣的下摆处捏出手帕来，然后拿至眼前，又用两手摊开蒙在面前，若无其事的样子，像是在俏皮地玩耍着手帕，也许是在嗅闻手帕上的香水味道。她那纤薄的手掌柔软地飘动着，似乎在跟手帕比试轻柔。

火车开上松江铁桥时，我将头探出窗外，江水清湛似琅玕。来到中国后，今天头次见到如此清澈美丽的河水。且不提因浑浊而闻名的黄河，无论是白河还是长江，说到中国的河水均如沟底淤泥般污浊。南方的苏州运河虽不至于那么污浊，但根本无法与松江相比。我乘坐火车经过朝鲜时，感觉那一带的河水都很清冽，眼前这松江水跟朝鲜的河水比较，该是毫不逊色的。总而言之在中国，南北的河水也有这般不同。苏州的河水比南京的清亮，杭州的河水则比苏州的更加清澈。在中国，绝对是越往南走越美丽。就是眼前窗外这成片的富饶田园景象与直隶河南一带萧瑟原野的景观相比，真正是天壤之别。进入眼帘的是一望无际、成片的绿色桑田、桃林，杨柳成荫，以及点缀其间的水塘，数十只鸭子成群浮游。转眼又出现一座丘陵，上面簇簇芒草在日光下闪耀。接着是丘陵背后的高塔、城中蜿蜒伸展的古城砖瓦墙壁相继映入了眼帘。

这番景致下，眼望着出入于一个个车站的美女身姿，我不由得感觉自己仿佛进入到了杨铁崖、高青丘、王渔洋等诗一般的梦境。

这时耳边传来了当啷当啷的银币晃动声。我回头一看，刚刚在松江车站上车的四五个男士围坐在台子旁，开始了赌博游戏。大洋银币比明治初年的一元银币要大，他们似乎完全忘记了自己乘坐在火车上，一边在台子上哐啷哐啷地扒拢着，一边着迷地盯着手中的骨牌。其中有个三十五六岁的圆脸男人皮肤白净，大嘴，戴一副金丝框架眼镜，显得无所顾忌且神色骄横，像是赌局中的庄家。在车厢内摆赌局有些不像话，但没人对此说什么。除了那个蛮横的男人，其他男人看上去都是四十至五十来岁的成年人，装束得体，然而却在旁人面前毫无廉耻、忘乎所以地大声嚷嚷着赌钱。莫非这便是中国颓废的象征。

说起松江，我想起元末诗人杨铁崖曾避难于此。四个妾分别为"草枝""柳枝""桃枝""杏花"，在她们的陪伴下，杨日夜乘坐画舫游玩。想来，或许就在我乘坐的火车刚刚通过的附近。我接触了这片土地的风光习俗后，深有感触：近代中国的文人墨客多出自南方并非偶然。据说戏曲家李笠翁等也是浙江人，不难想象十种曲目中表现的场面和人物——或来自窗外一闪而过的群山、河流、城镇、街道，或由车厢里这般才子佳人获取了五花八门的生动素材。的确，生长在如此美丽的国土与住民间，李笠翁自然能在其诗剧中生出那般缥缈的空想。我曾读过十种曲目中的《蜃中楼》。其描写了一个名叫柳士肩的青年到东海边游玩，登上了海市蜃楼，并与青龙王的女儿舜华结婚。那段浪漫奇谭的舞台说是在东海，我推测恐怕就在附近——江浙一带的海岸边。还有《比目鱼》，讲的是名叫刘貌姑的女伶与稀世才子谭楚玉相拥投河殉情，化作一对可爱的比目鱼，游向了严陵地区。这或许也是因为，日常耳濡目染的山水、楼阁、人物融入笠翁的脑海，自然而然地酝酿出那般幻想。这么想来，不禁感觉生长在如此秀丽的南国，人人皆可能成为诗人。我甚至想告诫那些将日本视为东洋诗国的自恋癖们，来看一眼此地的风光与人情。

火车通过嘉兴时大约在傍晚五点来钟。我在餐车上吃了味道极差的西餐，勉强填饱了肚子，无事可做，便阅读起随身携带来的石印《西湖佳话》。外面天色渐渐暗下来，漆黑的车窗上模糊不清地映衬出我的面容，还时隐时现对面那些女人红色、蓝色、鲜黄色的艳丽服饰。我呆呆地望着那些模模糊糊的轮廓，仿佛遭遇了遥远往昔的梦境。陡然间，想起日本东京小石川的自家，去年夏季出门后一直未归。孤身一人在陌生异国的夜行列车上颠簸，怎能不心生感伤、寂凉的心情……

昨晚很晚抵达西湖岸边亭子湾内旅馆。火车夜晚七点多抵达杭州，本该在站前的旅馆留宿，可我无论如何想去西湖边，于是乘上人力车，穿过陌生的道路，来到涌金门外的清泰第二旅馆。乘车前跟车夫说好的，车站到旅馆付二十钱。可那车夫品性不良，一拉到城内背街的地方，便立即停了下来说："若不再加十钱，就下车吧。"看那架势，不快给钱就会遭到胁迫的样子。我与之争吵了一会儿，想到携带行李路又不熟，若被扔在这里寸步难移，只好应承对方。车夫紧接着又说："先付钱！"真是个可憎至极的家伙。可是想到上海的车夫也在路上打劫，就老老实实付了钱。这混蛋弄不好是个歹徒。幸好月光明亮，若是漆黑一团的夜晚，或许没那么简单了事。出了这档子事儿，浪费了时间，九点半才抵达旅馆门前。第一次看到西湖，但湖畔的地形已在诗歌、小说中熟知。因而，大致的情况是知道的。旅馆位于涌金路北边，大门面对着"西湖凤舞台"剧场，旅馆的后门处便是月下渺茫的湖水。站在阳台眺望，远处湖水那边的吴山山影稍稍浓于夜色，暖昧烟霭。久已闻名的雷峰塔，想来应在稍偏右处可以看到。然而，不管是怎样皎洁的月夜，到了这个时辰，都会躲入夜幕下了，可惜无法看到。不过，在遥远的湖水那边，对岸隐隐可见的山峦前，有片墨色的树林倒映在水中，一想到那里便是久慕的三潭印月或湖心亭身影，我喜不自禁，仿佛遇到了久别的恋人。传说是白乐天建造的白公堤，位于孤山山麓的林和靖的放鹤亭，还有因文世高与秀英小姐的爱情故事而有名的断桥，宝石山上的保叔塔①等，想必均在这所旅馆的背后不远处，但从阳台上无法一览无余。很想今晚乘船去苏堤六桥一带看看，可时间太晚了。还是决定明晚乘画舫去尽情赏月。

正如火车上那个商人介绍的，中国人经营的旅馆到处都干净且服务周到，建筑也均为西洋风格。阳台一边的十多间客房的门口处，摆放着一溜菊花盆栽，室内布置也井井有条，床上的被褥颇具舒适感。侍者也与刚才的人力车夫截然不同，显得很温和，能说几句英语。唯有一件不方便的是没有浴室设备。无奈只好晃悠到旅馆外面，在迎紫路街角的大众浴池里泡过澡后，顺便去附近的餐馆吃了顿晚饭。晚饭中有道名菜东坡肉。据说，从前苏东坡因为眷恋西湖山水，在杭州长期逗留。这道菜是他当时喜好，因此而得名。这道菜与西餐中的夏多布里昂牛排②正好配对。胶质黏糊的深棕色油

---

① 现名保俶塔，曾又名宝石塔、保叔塔、宝所塔、保所塔。
② 日文转自英文 chateaubriand steak，取牛里脊肉（菲力）中极为嫩滑的中段部位煎烤而成。因受法国作家、政治家夏多布里昂（1768—1848）钟爱而得名。

腻肉汤里，是炖得如豆腐一般柔软的肥猪肉。说到苏东坡，似是超凡脱俗的诗人，竟吃如此肥腻的肉食喝美酒，朝夕伴爱妾朝云乘船游玩。念及于此，我便觉得自己似乎是大致了解中国人的趣味嗜好的。吃罢晚饭，十点半前后返回了旅馆。月光实在太美！于是我坐在阳台的藤椅上眺望湖面景色，突然察觉隔壁房间的门前，两个女人正相对而坐阳台上。栏杆的影子清晰地落在过道的地板上，月光下的地板泛白、清亮，好像下着一层白霜。因此两人的服饰、面容虽然模糊，却不难判明。没错，正是在火车上见到的那个美丽的姑娘和像是她姐姐的那个少妇。大概跟我一样，从上海来杭州游西湖的。仅就两个女人，很是奇怪。兴许房间里还有一同前来的男士。就在我这么猜测时，两人像是顾虑我的存在，悄悄进到房间里去了。

早晨八点来钟起床吃早饭。早饭吃了杭州特产火腿，当菜吃的。还吃了炒饼。饭后在阳台上来回踱步时，我发现隔壁房间的门敞开着。不知怎的心里惦记昨晚那两个女人，于是我悄悄从房门前通过并窥视房间里面。果然，除了两个女人还有同行的男士。可能是少妇的丈夫吧，三十岁上下，长脸，一个瘦高个儿男人。女人们好像刚起床，洗过脸，姑娘坐在了梳妆镜前，姐姐站在其身后，正给她梳整发辫。过了一会儿，三个人走出房门，来到阳台上，坐在跟昨晚同样的地方，开始漫谈。年长的女人照旧手上编织毛线活儿。男人的容貌跟那姑娘相像。据此推测，姑娘是他妹妹，年长的少妇是姑娘的嫂嫂。我觉得，姑娘的容貌比昨天火车上见到时更加漂亮。或许是西湖的环境使然，秋高气爽，空气清新。栏杆外浅黄色的西湖水不断泛起像似熟绢的柔和水波。她选择的青瓷色上衣和裤子，与此时此地浑然融合，令人怀疑她是特意从大量服饰中挑选了一套，为将自己的容姿融化于山湖风光的画面中。姑娘服饰的质地是缎子，含有春柳似的典雅、鲜明的暗色光泽。昨天在火车上我没有察觉，那青瓷色的面料上还织有同一色彩、类似孔雀尾巴的花纹，并且上衣、裤子皆有淡红色的丝线滚边儿。中国女人的腿部原本修长，无逊于西洋女人。此刻的她坐在椅子上，双脚搭在了桌脚的横木上。裤脚边露出乳白色袜子，渐细的脚踝骨似乎皮包骨。踝骨处往下又肉嘟嘟隆起，延伸到脚尖。一双轻巧的白缎子鞋刚好藏住了脚趾。那线条好像鹿腿一样优雅、秀丽。当然不仅是腿部，戴着金表的手腕也同样纤细。面部略呈椭圆形，带有希腊风格的俊秀鼻梁和棱角分明、小巧饱满的嘴唇，再配上一副好像带有孩子稚气的典雅面庞，令人猜想她出身在一个上流人家。不过她此时的表情却显病态，无精打采、疲惫不堪的样子，黑黑的大眼睛黯然无神，理当红润的嘴唇略带绛紫色、没有生气，脸色发青暗淡，细嫩的肌肤像似玉石却冷冰冰、硬邦邦。乍一看，让人有种异样感觉——看似玲珑清澈，搅拌便会像老池塘一样涌起大量的淤泥浊水。尽管如此，姑娘的风姿却比昨日更加吸引我，或许因其整体显露的病态美。中国人欣赏的女人是柳腰红颜、神韵缥缈、弱不禁风。在他们看来，那或许就是真正东洋式的、典型的中国式美人。前面提到，中国女人大凡小巧玲珑，孩童面容居多。到底是夫人还是姑娘？很难猜中年龄。眼前的姑娘若不是发髻梳成了大姑娘发式或五官某处掩饰了天真无邪的感觉，那雕刻般匀称的美丽容貌看上去该是一个完全的成人面容，我推测其年龄是十六七岁，不会超过十九岁。

　　我计划在此逗留一星期，细细游览所有的名胜古迹。为了大致了解地形状况，我一早雇了轿子沿湖畔兜了一圈。下午四点多，我疲惫不堪地返回旅馆。我想好还是晚上去湖上尽情享用月夜景色。昨晚我便租下了画舫，但精疲力竭的我没有勇气马上行动。我又靠在阳台的藤椅上，茫然出神地眺望了一会儿黄昏下的湖山景致。昨晚是在夜幕下，没发现阳台下面便是庭院，莲池的四周种植着柳树、山茶树还有枫树等等。水边上有个小小的六角亭，从亭子的台阶到石板路面上摆放了许多菊花花盆。庭院四周的白色土墙上爬满了葛藤。墙外的路上则挤满人。人们围了一圈，以为发生了什么事，原来是街头艺人挥枪弄棒，表演杂耍。《水浒传》中描述的好汉们在街头挥棒舞枪的场面，大概就是以这样的艺人为原型。那里是延龄路宽阔的十字路口，来来往往行人很多，热闹异常，里面还夹杂着卖甘蔗的小贩等等。在这一带，甘蔗是零食，大人、小孩儿都买来咯吱咯吱地嚼着吃。在十字路口右边临湖的石墙处，几只画舫停靠在岸边的码头上，还有五六台银铃上拴着红缨穗儿的漂亮轿子在那儿歇息。

我的视线越过街面往湖面方向望去。在吴山后面蜿蜒起伏的慧日峰与秦望山之间，夕阳静寂、安详地落山，像是闭上低垂的眼帘。在与吴山间距一尺多的地方，昨天未能看到的雷峰塔耸立在南屏山茂密翠绿的山峦上。传说雷峰塔修建于五代十国，距今近千年。几何形状的线条业已毁损，变成了玉米棒一样的塔顶。但砖瓦的色彩依旧未褪，在夕阳的辉映下遍身通红。没想到身居此处，竟能观望西湖十景之一的"雷峰夕照"。在塔的右边，遥远的湖面上有个岛影，正如昨晚推测的那是三潭印月。岛子右边绿荫间隐约可见的白色建筑，或许就是退省庵墙壁。环抱着湖心亭的小岛一直往右方延伸，直到我视力所及的湖中心，就像是被浩瀚湖水拥抱着置放在了那里一般。忽然看见一只轻舟从杭州城清波门的杨柳绿荫处朝雷峰塔划去。水面寂静异常，船又委实太小，看去就像一只蚂蚁在榻榻米草席上爬行。紧接着一叶扁舟也自眼皮下的亭子湾出发，像是朝仙乐园湖边驶去。那只船上似乎只有一个船老大坐在中央，手脚并用摇橹前行。不知不觉中夕阳完全落下，西山一角的背后天空亮堂堂的，渐渐地燃烧起通红的光芒，终于像红色的墨水一般洇染了半边湖面。

前面提到的那对美丽姐妹外出观光，大概还没回来。今晨她们占领的阳台桌边，坐着一位肥胖的西洋女人，她上身像穿着棉袍，宽松地套了件粗糙的方格花纹粗呢上衣，独自一人托着腮帮。我若无其事地从她面前经过时，突然，听到她用日语跟我搭话：

"您是从东京来的吗？"

"不，不是东京，是北京来的。您在东京住过吗？"

"是啊，东京、大阪、神户都住过，并学会了一点儿日语。"

我想一定是从上海一带过来卖淫的，便约她道：

"怎么样？您若就一个人的话，跟我一起外出散步去吧。"

她回答道："不，不是一个人，跟我丈夫一同来的。"

跟丈夫一同来，那就没辙。我没有什么地方好去，今晚依旧到旅馆外面迎紫路的大众浴池去洗澡。

我吃了晚饭，在旅馆后面的码头登上画舫，出发是当晚九点前后。我吩咐船老大，沿湖东岸涌金门去"柳浪闻莺"方向。我坐在船头，任凭无一丝云雾缠绕的皎洁月光倾泻在自己身上。今晚的夜空何其清亮，可从湖边环绕的山脉、女人垂发一般的杨柳以及亭台楼阁的水面倒影想象出来。记得以前观赏浔阳江边甘棠湖月光时，曾眺望雄伟庐山清晰倒映水中的景致。而今夜的月色更加晶莹透亮，湖水的面积也比甘棠湖大得多。即便湖水的面积并不大，今晚也显得格外开阔。船渐渐离开了湖岸，前方的浩瀚湖水自湖底涌起，仿佛鼓起了腹部，不断将湖岸推向了远方。事先说明，西湖的风景之美不在洞庭湖、鄱阳湖那般广大，而在尽收眼底的苍茫湖水周边恰到好处地陪衬了优美的山脉和丘陵。言其壮观，可谓壮观；言其盆景玲珑，亦切中肯綮。湖水中有湖岔，有长堤，还有岛屿、拱桥，景观富有变化，犹若一幅绘画铺展在面前，所有一切同时映入眼帘便是西湖的特点。今晚同样，随着船的前行湖面无限开阔起来，可陆地并未消失在远方的地平线。相反，岸边的山脉、森林仿佛被置放到了地平线更远的彼方。我伸长了脖子，抬头环视了一圈四周陆地，再慢慢将视线转到下方，进入视野的只有一片水浪。仿佛船不是行驶在水面而是沉入了水底。如果人真就可以怀此心境，平静地摇着船迷迷糊糊沉入水底，或许溺死也不会感到痛苦，投河也未催人悲哀了。湖水在皎洁月光的照射下清澈见底，仿佛深山里的透澈灵泉。倘若船影没有倒映在明镜般的湖面，你如何辨别空气的世界或水中世界？我横卧在吃水浅、如草鞋一般轻巧的船头，不可思议的是自己的身体平滑地穿梭在水与空气相融的平面上，时有潜入水中世界的感觉却完全未被濡湿。我将头探出船舷外，仔细地观察湖底，发现距离湖底仅有两三尺，顶多四五尺。林和靖的"疏影横斜水清浅"想必便是此湖写真，"水清浅"之含义十分美妙，临境观望湖底方能心领神会。我说了深山灵泉透澈，仍不足以表达出此时的感受。这里荡漾的三四尺深湖水不仅灵泉般清澈，还具有某种异常的、有分量的滑润或糖果一样的黏性。手掌掬起几滴湖水在空中须臾停留，冷月辉映，湖水或如水晶一般凝固住。我的船橹并非轻盈地划开水面，而是哗哗翻撞着黏韧的湖水前行。每当船橹离开水面，湖水泛出青白色的波光，如一袭薄纱缠绕橹上。水中有纤维，奇谈怪论！但这里的湖水的确奇异，像似由纤维构成的感觉，这纤维竟比蜘蛛网的坚韧弹性略胜一筹。总之湖水美丽、清澈却并不轻柔，相反含有某种凝重感。湖底密生着类似青苔状的细密水藻，那些水藻就像是铺在湖底的柔软的天鹅绒，反射着墨绿色的光泽。确实，唯有将之喻为精巧美妙绝伦、富有光泽柔软特性的天鹅绒，别无选择。上天月宫女神又用无数条银蛇般长长的银丝线织出一片水波纹，令天鹅绒愈显光润。人世若有如此美丽的织品，一定让我喜欢的东京女演员 K 子穿上。料定湖里仙女披挂的斗篷也是这般色彩的天鹅绒。湖底过浅，船橹也会无情地刮伤天鹅绒。于是风卷沙尘似的浑浊淤泥打着转儿、烟雾般浮上水面。

　　船自"柳浪闻莺"前穿过后，径直往西边的湖心方向驶去。左边岸上，有一丛低矮的像似桑田的黑色灌木。再看右岸——不经意间调转船头，目光转时，周围豁然开阔起来，宝石山上的保叔塔如同没入水浪的帆柱，孤零零立在雾霭中的遥远空中。左边的葛岭山麓，星星点点闪烁灯火。那儿大概是新新旅馆。从这儿眺望，对岸非常遥远，西湖宛如浩瀚的大海。然而水面却异常平静，看不到波浪水纹。此刻，我的身体如一条小小的虫子，被置于巨大的大理石圆盘中。记得孩提时曾在野地闭上双眼不停地打转儿，睁开眼顿时天旋地转，感觉天地实在广阔。但不可思议的是，在那般浩瀚的水域里不管行驶到何处，水深都依旧是仅有两三尺。或者说，深度顶多只到人的胸部位置。我不由得感慨万分：西湖不像是湖，仿佛是一个无比巨大的池塘。巨匠建造庭园，一定会造出西湖这样的景观来。湖泊平静，周边的物象却鲜灵优美，想必正因湖浅，泛不起像样的波浪来。好比盆中倒映山影。即便仅有两三尺深度，水毕竟是水。正面郁郁葱葱孤山翠岚，左边是低矮的呈女性优雅曲线的绵延起伏的天竺山、栖霞岭、南高峰、北高峰，这些山脉被月光融化了似的朦胧消隐，然而当我看到那一座座山峦倒映在水中的庄严姿影时，便没工夫再去考虑为何这个湖底会那么浅了。

"哎，在这儿停会儿船。"

船正好来到离湖心亭七八百米的地方，我忽然这么招呼到。船老大不明情况，将操在手上的橹桨放下，在船尾坐了下来。画舫形同失去舵手、遭到遗弃的小船，在湖面上慢慢地打着转儿，随波漂浮。雷峰塔长长的身影落在船左边的水面，好像鳗鱼一样摇摇摆摆扭动着。除此而外，别无其他物体在晃动。如果存在，或许便是塔身左边高空一点点往右移动的圆圆月影。在遥远的孤山山麓像是文澜阁一带的方位，有燃烧篝火，从这儿看得见红光闪闪。倾耳静听，在那死一般的寂静中，不知何处传来隐隐约约的笛声……

我连忙低下头来眺望湖水。不知为何清澈的湖底此时竟看不见了，湖面仿佛罩上了玻璃一样泛着光亮。定睛细看，无一丝微风却似地震摇晃积水，湖面宛如绉绸一样的细细波纹神经质式地慌张打颤。

三十分钟后，我的船再次慢慢启动了。穿过湖心亭、三潭印月，右边看得到阮公墩小岛，船向着横断东西的苏堤方向驶去。长长的堤坝上片片桑田，点缀其间的排排杨柳湿漉漉，尽显妖娆，枝叶郁郁葱葱。传说是苏东坡修建的苏堤六桥，从左边数起，第一座映波桥跟第二座锁澜桥藏在了树荫后，第三座望山桥和第四座压堤桥就在船的前方，形如弓状。

"哎，从那座望山桥下穿过，划到湖那边去。"

"那边没什么可看的。而且水浅，水底满是水藻，船不好进去。"

船老大露出为难的神色来。

"不管好不好划，试试看，能进多少是多少。"

在我的催促下，船老大极不情愿地将船头转向了望山桥。

葛藤缠绕古老石拱桥，水面上倒映着圆弧形状，我的船将从那个圆环中穿过去。船在桥下行至一半路程时，突然船底部发出了沙沙响声。的确如船老大所言，那一带长满了长长的水草，宛如风儿摇曳芒草一般在水中摇摆，且像耙子似的粗暴刮过船底。可是，船走了顶多不过二十米，水草渐渐地稀疏了下来，湖水也好像变得深了些。就在这时，距离我的船有五六尺的水面上，似乎一个白色的物体在漂浮着。划到跟前一看，那里有具女人尸体横卧在水草上。仰面躺着的面部，比玻璃还要薄的湖水哗啦哗啦地轻轻涌来。月光照射下来，反倒比在空气中更清晰地将焦点聚在了那具年轻尸体的容貌上。没错儿，她便是昨天在火车上以及在清泰旅馆的阳台上时时见到的那位美丽的姑娘。从她那双目紧闭、两手抱在胸前、平静横卧着的样子推断，大概是做好精神准备的自杀。尽管如此，其面部表情没有丝毫痛苦的痕迹，不知其选择了怎样的方式？其面部安详，甚至是熠熠生辉，令人怀疑她并未死亡，不过是安稳入眠罢了。我尽量将身体探出船舷，将自己的面部凑近尸体的头部。她高高的鼻梁几乎紧贴着水面，不由得觉着其气息传到了我的脖领处。雕刻均匀、棱角有些过于分明的面部轮廓，由于浸湿泡水，反倒显现出人体的柔和感觉，就连苍白、发暗的血色也似乎在清洗后变得洁白晶莹。还有，青瓷色的绸缎上衣被清澈的月光夺去了青色，好像鲈鱼鳞片一般泛着银光。

我突然发现她搭在胸前的左手腕上——今天早晨也曾经映入我的眼帘——那块小小的金表时针指在十点三十一分，还在刻画着时间，能清晰地看见水里的细小指针在沙沙地运行，读者该想象得出，月夜有多么明亮啊。

当天夜里打捞起她的尸体，第二天一早暂且安置在了清泰旅馆的一个房间里。她叫邓小姐，今年于上海教会学校毕业，刚满十八岁的少女。听其哥嫂说：小姐最近不幸感染上了肺结核病，为入宝石山肺病医院疗养，两人带其来到了杭州。然而，恐怕生性懦弱的她想到自己患上了不治之症，便死了心，毅然决然地离开了这个世界。听说她昨晚偷偷地、背着哥嫂二人吞服下了鸦片，于望山桥桥畔将被毒性麻痹的身体沉入清澈的湖底。

我听了他们的话，想起六朝时的名妓苏小小，不料也跟她同样是在此湖畔投身自尽的。苏的墓碑现在仍立在西泠桥旁，遮掩墓地的慕才亭四根石柱子上，雕刻着许多悼念红颜薄命的诗文——

金粉六朝香车何处
才华一代青冢犹存（叶赫题）

千载芳名留古迹

六朝韵事著西泠（佚名题）

湖山此地曾埋玉

花月其人可铸金（曾济集句题）

桃花流水杳然去

油壁香车不再逢（徐兰修题）

花须柳眼浑无赖

落絮游丝亦有情（孔惠集句题）

灯火珠帘尽有佳人居北里

笙歌画舫独教芳冢占西泠（平湖王成瑞题）

（《改造》大正八年六月号，原题《青瓷色的女人》）

中　国　菜

　　我自幼喜欢中国菜。我跟东京有名的中餐馆偕乐园的老板小时候是同学，我常去他家玩儿并承蒙款待，彻底记住了色香味美的中国菜，懂得日本的味道是之后的事情。我从来都认为中国菜比西洋菜好吃多了。最近去中国，吃地道的中国菜乃一大乐趣。从朝鲜入"满洲"，第一顿饭就在奉天城内的松鹤轩。听说那是奉天一流餐馆，在中国或许只是乡下饭菜的等级，味道之好却连东京的偕乐园亦无法比较。不仅味美，令我异常惊讶的是价钱也十分便宜。我还去了一家名叫"小乐天"的餐馆，味道也不错。据说菜肴的名称跟日本的中国菜有很大不同，但菜单上印刷的菜名似乎并没有太大的区别，甚至有的完全一样，只是比日本的中餐菜谱种类多，还有很多是从未听说过的。总之来到中国之后，菜肴名称难不住我，跟那些长期居住中国的日本人相比，似乎我更加了解中国菜。所以即便主人宴请，也是由我从菜单中随意选点自己喜欢的菜肴。不管怎么说，北方自然是北京第一。北京的"新世界"附近有不少一流餐馆，不仅是一个地区的菜肴，什么山东菜、四川菜、广东菜等等应有尽有，各式菜肴招牌林立。奉天、天津的菜也很好吃，但餐室、餐具极不洁净。北京的那些餐馆毕竟干净一些。若能像日本那样使用一次性筷子就好了，餐馆提供的是多次使用、已经陈旧不堪的象牙筷子。我总是用烫过的绍兴酒消毒后才使用。山东这个地方，饭菜的烹饪手艺高超。听说好厨子多来自山东。我便去了山东菜馆新丰楼，一看菜单，数量惊人，竟有五百种以上。这么多的菜肴即便不是一年里都做，就算是一半，也是相当可观的数字。何况，中国菜用干货较之新鲜材料多，如此庞大的菜料大体上该是常备。并且，那五百多菜肴按种类被分成了二十八大类。二十八类列举如下：

一	燕菜类	二	鱼翅类
三	鱼唇类	四	海参类
五	鱼肚类	六	鲍鱼类
七	瑶柱类	八	鱿鱼类
九	鲜鱼类	十	鱼皮类
十一	鳝鱼类	十二	甲鱼类
十三	鲜虾类	十四	填鸭类
十五	子鸡类	十六	火腿类
十七	肉类	十八	肚类
十九	腰类	二十	肫肝类
二十一	蹄筋类	二十二	蛋类
二十三	荪菌类	二十四	鲜菜类
二十五	豆腐类	二十六	甜菜类
二十七	熏卤类	二十八	点心类

第一类燕菜是用燕窝做的各种菜肴，约九种，大多是不同的底汤里漂着燕窝。我觉得跟燕窝本身比，汤更好喝。第二类鱼翅是用鲨鱼翅做的菜肴，约有十三种。第三类的鱼唇是汤菜，所用食材不知是鱼唇皮还是鱼唇肉，黏黏滑滑的，那是我来中国后最早吃的菜肴。日本也吃大头鱼的鱼唇，但中国的鱼抑或个头儿大的缘故，鱼唇皮特别厚，切成细丝放置汤内熬得软乎乎，完全看不出真面目。第四类的海参，也就是干海参料理，约二十六种。第六类是鲍鱼菜。第七类瑶柱类是贝柱菜肴。第十八类肚类的材料是兽类的胃袋。第二十一类蹄筋，是用兽类蹄边儿的筋肉做的菜肴，那筋肉丝线般细，又似护膜一般有弹性，且呈米黄色、半透明状，外观非常好看。第二十二类的蛋类是鸡蛋做的菜肴。第二十三类荪菌是竹荪、蘑菇等，竟达六十六种之多。很多蘑菇没吃过。记得口蘑是蒙古产的蘑菇。第二十五类的豆腐在北京没吃，来到南方一吃，竟跟日本的豆腐完全一样，如果做成味噌汤，和日本的豆腐别无二致。不过"丁豆腐"正如菜名所示，看上去不懂是豆腐还是什么别的材料做的。第二十七类的熏卤菜记不清楚了，像是醪糟或熏制菜肴，这类菜里也有西餐里的牛舌类材料。第二十八类是各菜肴间插入的点心及面食类。这些菜肴里的汤类，概有数十种之多。"奶汤"是抵达中国后初次品尝，乳白色，像似杏仁露一样的颜色，听说掺入了牛奶什么的。此外还有鸡内脏等，比日本的大得多，颇有肉质感，弄不好还以为是西餐里的牛肝呢。味道不用说，日本的此类菜肴无法比拟。

不过中国也有不敢恭维的菜肴。我在武昌大名鼎鼎的黄鹤楼吃了海参类，那股异常的干货臭味儿，令人不堪忍受。在北京吃尽美味，想当然以为上海菜一样味美，然而却出乎意料地难吃。我觉得上海菜多少受了西方人影响。原以为西洋菜跟中国菜相似的部分颇多，中国厨子烹制西餐一定好过日本人，实际却恰恰相反。在上海中国人经营的西餐馆没有一个像样的。跟他们比较，日本人制作的西餐要好吃得多。在南方，南京菜属第一，然后是杭州。听说南京的河虾菜有名，味道清淡，适合普通日本人的口味。螃蟹也值得称道，都是河蟹而非海蟹。扬子江捕捞的河蟹跟日本的海蟹一样大，按日本的做法烹制也好吃。在杭州我也去过相当不错的餐馆，记得乡下的小饭馆儿也做得一手好菜。鸭蛋变质制成的皮蛋在中国处处有售——日本也大量进口，在旅途中好似日本的煮鸡蛋，可以当饭吃。我住在杭州的旅馆里，早饭时常吃这个。当地一个鸡蛋才两三分钱，吃两三个鸡蛋、一个烧饼代面包，完全可以充当一顿饭。到了晚上，就到类似日本的馄饨店或荞麦面店那样的地方，在店里吃上一碗热气腾腾的粥（稀饭）。一碗也就两三分钱。粥也跟日本的全然不同，不是给病人吃的，粥里加了鸭肉一起熬煮，乃是寒冷夜晚的上佳食品。如果改良一下生油的异味，或许适合日本人的口味。

到中国后一路走一路吃，总是中国菜。偶尔有日本人请客，桌上的生鱼片若是颜色不佳，便吓得不敢动筷。听说入乡随俗，到中国就吃中国菜，这从卫生的角度上来讲也是最安全的。不过中餐的汤里总是放很多大蒜，想来多数日本人难以接受。我不讨厌大蒜，但吃了以后，连续两天小便都很臭。起初让我有些许困惑。想必在日本的中国人餐馆，来了日本客人便不放大蒜。

中国神韵缥缈的诗歌令人景仰。奢侈花哨的中国菜却让人产生显著的矛盾感。我想并具两个极端特点正是中国伟大气质的体现，烹制那等复杂菜肴并饱食之的国民，说到底是伟大的国民。中国人饮酒，多半也比日本人海量，很少见到酩酊大醉者。我认定要了解中国的国民性，品尝中国菜不可或缺。

（大正八年十月《大阪朝日新闻》）

流浪者面影

那是去年的这个时间——十月二十五日下午两点来钟。当时我宿于天津法租界内的帝国饭店。那天正好这个时刻，我在法租界的朝鲜银行公干后在街上漫无目的地散步。那条街道是天津城里最漂亮的，就像欧洲的都市一般美观而整洁。所以，我喜欢时常在那儿散步。

言归正传。我在朝鲜银行的拐角处转弯，往葛公使路方向走去，边走边观望着那条街上不时出现的杂货铺橱窗。就在这时，我的对面，一个男人疲惫不堪、步履蹒跚、磕磕绊绊地走了过来。男人五十岁上下的年龄，瘦高个儿，宽厚肩膀，看似骨骼结实、体魄强壮，手腕却无力地垂在身体两侧，仿佛不是自己身体的一部分，手腕下是晒得跟褐色包装纸一样的红褐色手背及偌大的手掌，还有骨关节明显的粗大手指。从这些特征上看，十有八九是个劳工。然而服饰上看又跟这一带的劳工不同，劳工的衣衫不会这么污秽褴褛。毋宁说看着更像是乞丐。破烂不堪的旧衬衣前胸敞开，露出旧棉毛衫，外面直接套着没领子没袖口、破烂不堪的黑褐色灯芯绒上衣。下身一条黑色毛呢裤子，裤腿宽大，几乎盖住了沾满泥浆、油漆的鞋跟。头上戴着顶酱色的麦秸草帽，帽檐的边缘已破损。草帽下蓬乱的头发自鬓角连着下巴的胡须。裤子也罢鞋子也好，不用说都开着天窗，那些破洞的部位暴露出小腿及脚背粗糙的、干巴巴的皮肤，细密的皱褶酷似松树皮而不是人的肌肤。话说至此，地点在天津，读者或许弄不清那乞丐是中国人还是西洋人。哎，说实话，当时跟他擦肩而过，瞥了一眼，我也弄不清他到底是哪国人。只感觉面部凹陷，满脸的胡须遮住了脸部轮廓且极度不洁，污秽不堪。仔细打量，看到了黑眼珠及夹杂了些许白发的须髯，由胡须和眉毛的颜色推测，他是东洋人。但不清楚到底是中国人还是日本人，抑或朝鲜人。毫无疑问，他是东洋人。再细细观察，发现其外表虽像乞丐，椭圆的脸盘不知何处却有一种典雅的感觉，不像是生来低贱。黝黑的发须与污垢闪烁的双眼有些下垂变形，却可想象有着劳工、乞丐并不具备的端正优雅的鼻梁。尤其使我感兴趣的是那双眼睛，简直是小说或电影中主人公特有的眼神。灰暗帽檐下凹陷的眼窝处，大眼睛异常俊秀、炯炯有神，却无一丝表情，宛如一潭深水般沉静。无论从美本身讲还是从美而淡漠的表情上讲，完全称得上是褴褛衣衫包裹着的一块宝玉。淡无表情或因疲劳过度造成的意识朦胧？或因酒精过度神情恍惚？抑或已是白痴、精神病患者？很可能这些都是原因。因其毫无表情，炯炯有神的眼睛更显俊美。他时而停下脚步，猛地从梦中惊醒一般环顾街道。那时，他那沉稳的目光微微浮现出忧愁的神色来。可那完全不是他自身的表情，宛如云影落在了平静的湖面，某个暗影不知从何处忽然遮掩过来，使得他那无邪清澈的双眼蒙上了一层暗影。我这么感觉是因为他的目光完全失去了生气。总之，自打看见他的那一刻起，我便被这个男人吸引住了，随着他前行的方向，我或前或后地跟着他。

如上所述，他顺着葛公使路走过来。他步履蹒跚，似要向前扑倒的样子，迈着踩高跷似的僵硬脚步。来到一个拐角处，他停下来，露出那副忧郁的神情，心神不定地张望街市。他是沿着电车轨道不假思索地走近前来，电车轨道在这里拐向了左边，或许迫使他沉吟片刻，是也跟着拐过去，还是顺着眼前的道路往前走？没过一分钟，他照直沿着大路走起来。看情形，像是觉着拐弯麻烦，不得已才继续往前走。

中国北方的秋天，每天都是晴空万里、天高气爽。那天却稀罕，温润的南风吹拂。即便不刮风，天津烟囱多，天空动辄被阴沉的云团笼罩，转瞬之间，明亮的日影洒向地面，云团又消失得无影无踪。劲风贴在地面打转，在大路上卷起旋涡，自下而上地奔袭。路面铺着水泥，没有尘土飞扬，平滑坚硬的路面光亮洁净，像似被风清洗了一样。若说清洁的路面上有什么污秽之物移动，便是路上行走的那个男人的脚。的确，与踩在脚下的路面相比，踏在路面上的鞋子破旧污秽不堪。然而，关键角色本人绝无可能意识到那样的事实。平滑坚硬的道路很不好走的样子，他拖着沉重的脚后跟跌跌撞撞地走着。此人若是乞丐，他便是选择了一条最不适合乞讨的路。因为在静寂的法租界一带不通电车，道理两旁排列着银行、公司等砖石高大建筑，即便白天也寂静无人。即使有那么几家商店，也都是城堡一样巍然屹立的大商场，绝非乞丐之流可以靠近的地方。偶尔想在路边找个歇脚处，尽是研磨得光溜溜的水泥大道，没有他污秽裤子脏屁股可以放置的空地，也没有一块可以替代椅子的石头。来往的行人多是衣着得体的西洋人，偶尔有优雅、宽敞的黑

73

色轿式马车跑过，两匹并列奔跑的马发出哒哒蹄声。两三家商店橱窗里花枝招展地悬挂装饰着绣得花里胡哨的日本和服、艳丽的女装、毛皮外套与围巾。商品的摆放形式十分讲究，令人联想到女人美丽、妖艳的姿影。橱窗的装饰稍微改变了街上的单调气氛。然而那个男人对这一切没有兴趣，他目光呆滞地往前走。须臾，他耸起宽阔的肩膀，仿佛松了口气似的深深叹息。此时在他眼前，这条寂静道路顶到了头儿，前面是繁华的白河海岸大道。

男人行至此地，站在岸边石崖边排列的法国梧桐树荫下，茫然中被周围极具活力的景观所吸引。从万国桥下流过来的河水，打了个转儿蜿蜒曲折流淌着，这一带是天津市最具大都市景况的嘈杂喧闹地区。河岸边上，抛锚停靠着许多两三千吨位的汽船，巨大的船板密密麻麻横卧，附近是堆积如山的麻袋包、装有棉花的白袋子。众多苦力正一个个肩扛搬运。"纽约标准石油公司""亚洲石油公司"等，各公司的招牌一个接一个排列在这边河岸上。河对岸，这些公司的石油储罐仿佛一座座丘陵默然高耸，竟比铺满河面的汽船桅杆还要高。储罐的形状是圆的，像似馒头，涂有白色、黄色油漆，并用黑色粗体英文书有公司的名称。其中一个储罐上写着最大的粗体字英文："BRUNNER ALKALI MANUFACTURING Co."，一抹红彤彤的夕阳恰好辉映在上面，旁边高高堆积的煤山上一溜劳工，好像蚂蚁结队一样。船上卸货的几台吊车锁链，不断地发出咯吱咯吱的碾轧声。在那声响中，卸走冰块的人、拉走毛皮的车还有洒水马车，忙忙碌碌穿梭不止。河岸边有五六间简易工棚是苦力歇息的场所，满身污垢的中国劳工成群地在那里吃零食喝茶，但跟站在法国梧桐树下的男人比较，那些劳工的脸上充满了活力。流浪者羡慕地目送自己眼前经过的水果小贩车，突然目光停留在了简易工棚边的砖瓦堆上。他仿佛找到了非常合适的歇息场所，慢慢地走过去在那砖瓦堆上坐了下来。他两手插入裤袋里，开始摸寻什么东西。莫非是苦力们的零食香味儿强烈刺激了他的嗅觉，使他陡然感到了饥肠辘辘。但他很快就明白自己身无分文，也许他一开始就根本没在找钱。一会儿，他的右手掏出来的不是钱，而是水手使用的烟斗。他把没有烟丝的空烟斗衔在嘴上，并不停地、一口接一口地吸着烟油子，这样或可多少耐住些饥饿。

他一屁股坐在那里，疲倦不堪，似乎半步也无法挪动。只见他两只手腕放在膝盖上，手掌毫无气力地耷拉着，似乎什么时候忘记了口中衔着的烟斗，呆呆地盯着自己脚下。脚下不到两米的石崖下面是白河水。那河水跟其名称相反，浑浊如泥，泛着熔化漫天的煤烟色彩，阴森森、无精打采地流淌着。那景色仿佛使他的内心有些感慨，他的眼睛在这休息过程中恰如当时忽晴忽阴的天空，各式阴影瞬间遮盖过来又突然退去。眼见着，他的那双眼睛闪现泪光，仿佛一股无以排解的、满是悲壮的情绪涌上了心头。忽然间，他又好像什么都不在乎了，如同做了个恬静悠闲的梦，脸上浮现出恍惚的神情来。刹那间，他的目光变得像女人一般温柔。然而一晃之间，又变回油然而生鄙夷欲望的饿鬼一般，盗贼般险毒的眼神一闪即逝。那些一闪而过的眼神，或与他的另一个自我相关。他恐怕连感叹沉沦零落深渊的心情都已丧失。唯有目光在追溯迄今漫长的变迁或以往漂泊的幻影。诸般事物或在他的瞳孔里不断出现了消失，消失了又出现。总之，解开谜底的目光仿佛在毫无保留地叙述着他半生的蹉跎。在他全神贯注地眺望着河水的过程中，我怀疑他或如走马灯似的再次回顾了自己不幸的五十年经历。

西斜的夕阳将法国梧桐的树影在地面上又拉长一尺，那个男人仍旧低垂着脖颈，没有站起身来的意思。这时，正好河面上传来异常的声响，机械齿轮隆隆旋转的声音。我转过头去望着声响的方向，只见万国桥为让汽船通过开始旋转。桥头帝国饭店前被阻止通行的人群黑压压聚集了一片。几辆电车、马车、轿子等放开速度赶到不断从后面拥挤过来的人群中，也同样停了下来。铁桥架在砖瓦桥墩上，浮在空中晃动，上面有两三个劳工在扫地，时时用扫帚将尘土扫入河水中。被扫除掉的尘土变成漫天弥散的沙尘飞舞，然后被比尘埃更为肮脏的白河水吞没。然而如此浑浊的河水，似乎也能反射太阳的光辉，夕阳闪闪余晖从水面上反射在桥墩的砖瓦上，勾勒出美丽的波纹来，令我感到这真是一种不可思议的现象。桥梁旋转着变换方向，当与河道并行时在那儿停止了旋转。过了一会儿，再次发出震耳的声响，大桥又在向原来的方位旋转。然后，当两岸的疏通完全复旧时，止住脚步了的人群排成长列，开始向桥上蔓延。

我回头去望坐在砖瓦堆上的那个男人。只见他丝毫未改先前姿态，嘴上衔着烟斗，仍旧聚精会神地盯着脚下浑浊的河水……

（《新小说》大正八年十一月号）

鹤　唳

那是进入三月后不久一个天气不错的日子。我吃罢午饭，拿着手杖去散步。我从那座城的城址公园往别墅很多的小山方向慢悠悠走去。

那城位于离东京不远的海岸边一片温暖的土地上。我那时身体不好已有大约半年，在那儿租了一栋小小的草顶房屋住着。冬天我一直待在书房内，很少外出。那天总觉得天空带有柔和的蓝色，仿佛告知春天的悄悄来临，我难得有了心境到这一带散步。

出门一看，正如我想象的，各处百姓家及宅邸庭园里的梅花都开败，我家门前路旁排列的小樱花树，远处看去已经挂上了红红花蕾，春天已经来到这城里了。东京现在还是春寒料峭，此地的这个时节却最为宜人。整个城市濒临南部海岸，自北向西有高山围绕屏障，冬天亦无寒风凛冽，却有着安详、宁静的恬适感。我非常喜欢这里。尤其是三四月时，海面吹来湿度不高的和煦海风，温暖而又令肌肤收敛的清爽空气异常清新，使人神清气爽。作为东京人的别墅区，在这一带建房造屋并非坏事。老官僚及有钱的老人为平静地享受余生，多选定娴静、优美的外观造型。在矮树篱笆的小路上行走，安详、寂静的格局竟令人不由得想起京都的郊外。这些人家的周围大多有小小水渠，清冽的山水从山上潺潺流过，四处是繁茂的竹林，这些都无疑增添了风情。我边走边想，德川时代的所谓"根岸之乡"① 大概也是这般风景吧。居住东京，少有闻花香，这一带的花朵却格外芬芳。梅花、丁香花等，走在路上，阵阵芳香会突然扑鼻而来。黑色土地微湿，木屐齿部触感颇佳。地面上没有尘土飞扬，反倒会因水蒸气上升而散发出类似花香一般的泥土芳馨。耳闻林间小鸟啼鸣，我心里想，许是山莺啼声。就这么边想边走，出了街道，又继续向公园方向走去。

去公园，要越过一条连接城镇和温泉胜地的电车轨道。那处山中温泉就在附近，离这儿仅两三里路。山顶上积雪尚存。富于春天气息的雾霭，却在居宅连檐的上方拖曳出紫色的皱褶，远远望去亲切而和谐。山脚处几个形状可爱的山丘绵延过来绕着这座城，南边缓缓的斜坡上有若干橘园。从橘园可眺望大海，松林、梅林、竹林间星星点点隐约可见的是皇室贵族的宫殿别墅露台、带有尖塔的白色洋楼，还有眺远视野极好的各式屋居。我围着一座山丘走了一圈儿，从城堡的壕堑走向公园。公园其实很小，刚才提到的可爱的山丘围在三面，恰好形成了一个如同 Amphitheater② 的扇形环状，公园就在这个环里。平坦的草坪上没有一棵树，却给人祥和的感觉，适合孩子们玩耍。并且，在公园北边的山丘上有一大片美丽的梅林，乃当地名胜之一。据说公园的草坪从前是城堡武士的马场。想

---

① 根岸是地名，位于东京都台东区北部，上野公园的东北方向。江户时期那儿是恬静的地方，有许多黄莺生息，因而被誉为"黄莺初啼之乡"。
② 英文，露天圆形剧场或竞技场；阶梯式座位的场地。

象当时的武士暖洋洋春日长昼在草坪的空地上兴致勃勃驯马，令人倾羡不已。此时公园西边的小山坡建起了中学。一到傍晚，就看到学生们聚集在公园的草地上练习棒球。不过这天刚过中午时分，公园里见不到学生的影子，空荡荡、静悄悄一个人没有。我在梅林的茶馆坐了片刻，吃着在茶馆里买的橘子，目不转睛地眺望平静的草坪风景，内心里渐渐有种轻松自如的感觉——近来难得的安稳心境。

　　我离开了公园，沿着近道往刚才那个别墅区的山丘地带走去。那条路的坡度很大，不好走。爬到小山顶，只见南边的斜坡缓缓地伸展下去，斜坡对面浩瀚的大海展现于眼前。我脚下站立的地方，顶端是突出海面的半岛，连绵山脉的缓坡一直延伸过去。半岛脖颈深深内弯的海岸上一列枝丫别致的岩松似马鬃排列，白浪拍击时剧烈摇摆宛如晃动的锁链。深蓝色的水面上白帆点点，仿佛从前在石版画上常见的风景。亲临实境，感动不已。心情顿时变得敞亮起来。这座山坡日照很好，整个城里就这儿暖和，阳光明媚。在路旁休息片刻，便热得冒出汗来。本来这里应该是一级别墅区，但道路狭窄，加上到处是石阶，汽车无法通行，房屋比我想象的要少。搬到这座城里，这是第二次或第三次散步到这样的地方。道路两旁绿茵茵的嫩叶后面，恰到好处地分散着别致的宅门大院以及利用窄小坡面建起的洋楼，还有院墙根处窥见的庭院里的亭子、花坛等。"哎呀！没想到这地方会有如此漂亮的房屋、庭院！"我思忖着走下石阶路。差五十米就走到坡下时，在一个矮树篱笆拐角——刚才没有察觉到，有条再往右边方向弯曲的小径，顺小径一直走，前方看到一栋旧石墙围起的家屋。

那石墙看来年数已久，好些地方已坍塌，长满了葛藤、杂草，其风貌与这一带的别墅完全不同，或是从前当地士族的宅邸故居，无人居住而荒芜。乍一看去，我便有那般感觉。我先往这栋房屋的后面走去，顺着寂静的废墟般的院墙正要往道路顶端的竹林方向走去时，院墙里忽然传来奇妙的人声，或是鸟啼声，喧嚣嘈杂。我将耳朵紧贴院墙听了一会儿，那声音一直没断。我终于脚蹬破墙石缝处，幸好院墙不太高，悄悄地爬了上去。我将面部躲藏在葛藤后面往里窥视，首先映入眼帘的是藤萝架下池塘边上一只鹤，跟一个穿着中国服饰的少女。——我这么说绝非梦境描述，那的确是事实，但当时我自己也恍在梦境。言归正传，在那只鹤与少女嬉戏的庭院，就像是山丘斜坡的一部分被剜出了一块圆形洼地。只见那庭院跟院墙一样荒芜不堪，又有某种难于舍弃的别致感。如前所述，这一带是道路狭窄的区域，地形高低凹凸交错。但是设计师利用这种地形，尽量使其富于变化，有繁茂的树木、明亮的斜坡、蜿蜒伸展着的池塘旁的道路等，规划得极其巧妙。我正窥视院墙里面，隔着十来坪①土地上有个两三丈高的崖壁，好像洞穴一样凹陷了下去，眼看着泥土就要崩塌的感觉。这座崖壁从北边堵在了东边，崖壁下阴暗潮湿的地方密密麻麻生长着一片墨绿彩绘一般的翠竹，像似拔地而起，翠绿且充满朝气。一条灌溉庭院的溪流自竹林中潺潺流出，环绕藤萝架一圈后流入池塘。池塘也看似破败，漂浮着的一大片水草时而微微摇摆，塘水似未腐败。藤萝架下还伸出一块平坦的石板，上面长满了绿色青苔呈"亥"字形状，用作弯弯曲桥通向池

---

① 面积单位，1 坪约等于 3.305 平方米。

塘对岸。对岸小桥边一棵新抽芽的柳树，朦胧一团茂盛的枝条插入池塘水中。池塘四周的小路自柳荫处渐渐向左边山丘延伸，山丘方向地势开阔，光线明亮，道路畅通。山丘并非假山，坡度极缓的斜面上种植着五六棵比公园那边更好看的梅花古木。梅花古木间，随处放置着类似中国太湖石的岩石。不知山丘的那边情形如何，或也是由梅花、岩石点缀的景色。山丘缓慢斜坡的那边，稍稍露出瓦顶房屋一端，想必是主房。或许仅仅这些，不足以说明这庭院有什么非同寻常。前面描述了大致的地势，实际上这座庭院的重要特点，乃是一边荫蔽竹林，一边明快山丘，两者之间的池塘后面则有中国风格的房屋建筑。

　　说到房屋建筑，打个比方即如箱根镶木工艺，整体感觉像是用类似紫檀木组合而成，非常可爱的阁楼二层建筑。房屋内部的高度，一人勉强站立。再看阁楼旁有棵紫薇树，清洁如洗的褐色树干，仿佛与房屋一比高低。读者想必明白房屋的大小了。而且，如此可爱的玩具摆设一样的建筑，还有一点便是屋顶闪闪发亮，瓦片乃以近乎陶器的材料制成。实际上这座阁楼的外观在周围荒废院墙的陪衬下，仿佛用打磨家具的油抹布擦拭过一样，异常光亮；承载美丽瓦片的四个屋檐头像八字胡一样向上空有力反翘着，与下面二楼一排的卐字图案栏杆搭配，显现出日本建筑中少见的空想曲线来。本来，在这样的庭院里有这般建筑不可思议。作为装饰有些太夸张，联想起刚才身着中国衣衫的少女，想着或是中国人的居所。就在我这么观望期间，配着一组组卐字图案的楼上窗棂子和楼下的门条格子（那图案的木材比栏杆还要细）都静悄悄地关闭了，只有在那些图案格子里镶着的玻璃闪闪发光，却丝毫没有从里面出来人的迹象。不久，我的视线转向了阁楼正面挂着的一个横匾。距离有些远，要辨析上面的字迹很困难，但专心注视了一会儿，渐渐明白上面题有"锁澜阁"三个楷书大字。还发现横匾左右两旁柱子上也有题字，但字体实在细小，无法看清，不过那该是一副对联。此外，还依次看见对联下方有花岗岩石阶，石阶的左边一棵很大的胡颓子树，我觉得这么大的非常稀罕，旁边种植有两三棵芭蕉。

刚才的鹤与少女，正在上面提到的石板桥中央部位。鹤落池塘，少女蹲在桥上，恰如一对和睦的朋友在嬉戏。少女将放有泥鳅之类食饵的壶伸给鹤，咯咯咂舌，或在念叨："来啊，吃这个吧。"因是中文，我听不懂，但确实用中文特有的、小鸟叽叽喳喳似的发音在说着什么。鹤也轻捷地弯曲它那优美的脖颈，将铁火筷子一样的嘴巴伸进壶里，当啷一下子夹住了猎物，立刻猛然用力仰起脖子，面朝上空咯当咯当咽巴了三下嘴巴，把跟橡胶似的活蹦乱跳的小鱼吞到蜿蜒曲折路途较长的脖颈深处，看似细窄的脖子难以吞咽，但最终非常巧妙地，就跟人囫囵吞食荞麦面条一样，哧溜溜地吞了下去。同时，鹤咽下一口唾液，眼里似乎含着难过的泪水。不过那是人的想法。它依旧在仰面朝天，不知是因为难过还是感觉味美，总之像鹅似的嘎嘎啼鸣。起先我在墙外听到的便是鹤的啼鸣声和少女的说话声，所谓"鹤之一声"①，听来却似并不优雅的聒噪。不过仅就声音而言。恰好此时，转到南边的灿烂的阳光照射在仙鹤（或是丹顶鹤）神圣洁白的身体上，那清晰反射阳光的姿态与身边少女色彩斑斓的中国服装相辉映，委实令我唏嘘陶醉。鹤移动一

---

① 日语中的"鹤之一声"表示权威者发话，与一言九鼎意思相近。

步，池塘里便泛起浑浊的波纹，洁白的身影变成各色相间的斑纹映于水波；加上红、蓝彩色刻纸一般点点撒落水中的中国女装姿影，及池边垂柳藤萝点点金色于一圈深绿色水草的倒映。在这各色光影的花纹中，少女在一心一意地逗着鹤玩耍。少女年约十三四岁，圆脸，皮肤白净，一双亮晶晶的大眼睛，看似聪明伶俐。她穿着一件红底亮闪闪绣花缎子上衣和一条深绿色的裤子，桃红色袜子上套一双红布鞋。那外形颇似中国人偶。头发也像中国式，前额头发齐刷刷剪成绢丝穗儿分开两边，自清晰的富士山形前额发际①向眼睛两侧垂下。稍微有些不自然，却有天真无邪的可爱感觉。此外还有藏在头发下面的翡翠耳环以及手腕上的金色手镯，所有艳丽的色彩在春天一个天气晴朗的中午和静悄悄的庭院里，宛如金鱼鳞片一样闪烁着。此情此景真是美妙绝伦，无可比喻。想来总觉得不可思议——为何这样的少女会在这里出现？第一，中国人住在这城里本身就奇妙；其二，在这样的地区有养鹤的宅邸闻所未闻。我忘记了时间的流逝，一直趴在石墙上久久窥视着庭院内景。

　　大概过去了三十几分钟，吃罢饵食，仙鹤摇摇晃晃奔向池塘边的柳树近旁，少女追在后面，像是又在那边嬉戏。这时，"嘎吱"——传来一个厚重的声音，锁澜阁大门开了，一个约莫四十来岁、瘦削、脸色蜡黄、身着黑缎子衣裳的中国人从里面走出来。那男人口唇边和下巴尖儿蓄着稀疏的胡须，眼神凶煞不似好人。未至腰弯年龄却有些驼背，只见他背着两手板着面孔，凶神恶煞，他默不作声地经过藤萝架下，从楼阁前往桥这边走来。他眼睛看着少

① 前额发际好像富士山形状，是形容美女的一种比喻。

女，口中叽里咕噜像在说什么。总觉得他态度恶劣，站在那儿显得心中烦躁。少女看见这男人，起先露出天真的笑容，渐渐地变成悲伤的表情，好像是猜测不透对方的心理，不知是否该走近他身旁。男人不说话亦无笑容，不时偷偷地瞥视少女，似乎耻于正视少女的眼睛。这情形似乎使少女更加悲哀，那美丽的眼睛里满含泪水，阴沉着脸仿佛就要哭出来。她好像忘却了鹤的存在，在考虑着什么。过了一会儿，她战战兢兢立起身来，似乎在意男人的脸色强作笑容，且有些顾虑地凑近其身旁。男人见少女凑到跟前，更加气急败坏，想要借机逃离的模样。少女径直来到他跟前，想要抓住他的手，像是撒娇又像是倾诉的模样在说着什么。男人怎么应对的呢？当然是中文，语速极快，极其暧昧地咕哝了一两句，我听不懂。说罢他像是突然察觉到什么，抬起脸来，慌忙向四周张望，带着多疑、怯懦的眼神在庭院里转了一圈后，开始注意到石墙，我还没来得及缩回头，便被他目不转睛地盯着了。慌忙缩回头我也觉不妥，便照旧一动不动地待在了原处。男人以为葛藤阴影处我的面部是什么其他东西，有些奇怪地看了一会儿，渐渐像是看明白了什么，瞳孔放大露出大吃一惊的样子，并再次目不转睛地盯着看。这么被盯视，约莫过了半分钟，我不知道自己若再坚持会怎样。过程中男人只是愤怒地瞪视，没有怒吼也没有动手。那一刻我想："这个男人是不是精神异常呢？"这么想着，发觉那男人的蜡黄面色变得阴森恐怖，我便哧溜地从石墙上滑了下来，走向对过的竹林，再从那儿穿过一个净土宗的寺庙下了山丘，往电车线路那边走去。

"喂，哎，刚才在那边山丘所见真奇怪。"

84

一回家，我便跟妻子说。结果妻子对那宅邸的事像是了如指掌，笑我孤陋寡闻。

"可我不知道啊。我没听说过那家传闻啊。"

"那是你不好啊，总闷在书房爱搭不理的。无人不晓的事，你竟不知道。"

"可不管怎样，那样的地方，那样的人和物，不奇怪吗？那个中国男人和女孩儿到底是什么人啊？父女俩吧。"

"你看见的女孩儿什么年龄？"

"嗯，十三四岁吧。"

"哦，那该是父女俩。不过两人都不是中国人哟。"

"不是中国人？讲的是中文，穿的是中国衣裳呀。"

"嗯，是啊。"

接着，妻子将她知道的那家宅邸的事统统告诉了我。听来很有趣。打那以后，每次见到当地的熟人，我都会问东问西。有关那宅邸，情况大致如下——

幕府时代，这座城曾是一个享有几十万石俸禄的诸侯城邑。正如我推测的，那家宅邸几代都是侍奉诸侯的医生，名曰星冈。明治维新以后，如今主人的祖父一直在那宅邸居住到明治三十年前后，他一面从医一面陶醉于汉文典籍与诗文。现在留下的那个庭院，乃由老爷子当时建造。锁澜阁像是后来所建，本来那儿有个名为梅崖庄的茅庐，是老爷子的隐居住所。老爷子活到八十多岁，现今主人靖之助，也就是那位身着唐装的男人，父亲早亡，乃由祖父和母亲养大。听说是独苗，是个非常任性的孩子。上中学时，祖父去世

85

了。后来只有跟母亲两人寂寞度日，或因此渐渐变得性格忧郁。时过不久，为掩饰忧郁开始饮酒、花钱招艺伎，一直让母亲担心。他从东京帝国大学文科毕业是明治三十七或三十八年前后。那时他放荡不羁的生活变本加厉。尽管取得了文学士称号，却不谋职不干正经事儿，只要有钱便跑到东京去玩儿，一去就是好几天。偶尔回来，便闷在梅崖庄里，埋头阅读老爷子留下来的汉文典籍。本来母亲极其不赞成他入文学专业，祖父生前留下遗言希望他"学医"，母亲也劝他继承祖业。可是靖之助死活不从。而且最初选的是英文科。可刚过一年便厌弃了，转入哲学科，过了一年又不喜欢了，便转进了汉文科。花了五年的时间，总算是毕业了。

母亲想让他成家，费尽了心思。无奈本人那副劲头儿，根本没有成亲的意思。母亲感到无可奈何。他吃喝玩乐泡女人。其实并无特别喜欢的女人，只是自暴自弃在艺伎院里饮酒。就算待在家里，也是一整天关在室内，无所事事糟懂度日。除此之外似无其他乐趣。靖之助时常挂在嘴边的是："日本没意思，想去国外"，"不是因为母亲在，早就去国外了"。每每跟他商量提亲，便是这样一通牢骚。然而这个怪人靖之助，不知动了哪根筋，突然变得顺从母亲了。当时人们传闻：二十七岁的时候他以极其常见的方式迎亲了。新人的娘家也是当地名门世家，从前曾是诸侯的家臣管家。新娘志津子，是当地众口皆碑的美女，想必靖之助也为之心动。哎，就这样，没费什么事就应承了这桩婚事。婚后一两年里，他好像变了个人，在当地的中学里当上了汉文教师，与母亲也相处得不错，接着是女儿照子出生了，夫妇过着和睦的生活。母亲在照子出生后不久，或因松了口气患上恶疾，一年冬天——大概是明治四十二年去世了。

母亲去世后不久，靖之助的心又开始被青年时的烦闷与寂寞困扰。

　　或许原因之一是妻子的性情令之不满。志津子气质高雅，生长在旧式的武士家庭，可以说是一个清澄湖水一般文静又略带寂寞性格的内向的人。靖之助并没有表达对她的不满，也没有训斥过她，只是渐渐表现出沉默寡言，显现出冷淡、疏远的样子来。看到丈夫的举止变化——整天一言不发，茶饭不香，似乎讨厌家里的气氛悄悄逃进梅崖庄，白天晚上不出来，妻子只是一味地忍耐，偶尔问丈夫："你若有什么不如意的，请告诉我。"可丈夫只是答道："没有。告诉你也没用。你没有做错什么，放心吧。"最终还是那句话："日本很无聊，不想待在日本。"看样子，不仅仅是对妻子，对这城里的所有人甚至说不定是对整个人生，他都持有强烈的反感。中学教师自然也不干了，忧郁程度比年轻时更加严重，已不是饮酒、玩艺伎所能解脱的了。那他是怎么度过那些孤独时光的呢？那些日子里，他在堆满旧书的梅崖庄书架上不停地搜索，中国的文学作品不管是诗词也好、戏曲也罢，还有小说、稗史等，抓到什么便从书架上抽出，感兴趣就逐字逐句阅读。其祖父曾与槐南、岐山对诗，留有文稿《梅崖诗稿》。靖之助始终将那些置于身边，自己也时而习笔赋诗。他作的诗从未给人看过，巧拙难辨。恐怕通过诗句，稍稍表达了一些郁郁不乐的情怀。不过不用说，当地人同情的是志津子。当时的志津子贤惠、温顺，对丈夫无微不至。丈夫却如同任性的病人。但丈夫越是疏远，她越是加倍地温顺悉心照顾丈夫。当时满城赞誉其品格。她本人也期待通过自己的努力，丈夫有一天会敞开心扉。

　　这样痛苦、沉闷的夫妇，彼此都像是被束住了手脚，一筹莫展。一天，靖之助冷不丁地提出"要去中国"，不是去去回来，而是去而不返，说是不再回日本。他突然这么表示，出于怎样的深刻理由，至今无人知晓。即便知道，或许也唯有志津子一人。但靖之助跟妻子也未做详细说明。总之他平素喜欢中国文学，日常器皿尽量用中国制造，对中国怀有强烈的憧憬。抑或是这种情绪发展到极端，终于产生了那般愿望。反正邻里不会说好话，议论纷纷，说喜欢也要适可而止。而他本人却是非常认真地把自己的决心告诉了妻子。据传闻，他当时表示自己将活在中国的传统文明中，并打算死在中国。自己也好，祖父也罢，能生存在如此贫弱的日本，多亏间接地接受到了中国思想，在自己身体里，自祖先以来就流淌着中华文明的血液，自己的寂寞、忧郁只有去了中国才能获得抚慰。为实现自己的愿望，他像是做了各方面的细致安排，跟妻子的谈话中，就自己走后妻子的生计、生活乃至财产处理等，一一做了规定和准备。他跟妻子告别说："长期以来，多亏了你的照顾。我们就此告别吧。今后不再相见，也不必担心我以后死在何处。唯有照子，恕我不负责任的托付，拜托了。这就算是我的遗言吧。"然后，他将住宅乃至所有的物产都给了妻子，为了妻子今后生活无忧。婚姻方面，他是打算办理离婚手续的。志津子执意不从，说永远是星冈家的人。"请让我至死做你的妻子。"她还说，"这个宅邸和照子就算是你留给我的纪念吧，你离开后，我就当你还在家里。"靖之助便也不再反对，他把除了房地产以外的一些财物换成现金（其金额说法不一，有说两三万日元也有说六七万日元[①]），最终携带着这些钱

---

① 当时的一日元，大约相当于现在六百倍的价值。

款去了中国。

不用说，靖之助一走便杳无音讯。志津子当时带着刚刚五六岁的照子，按照自己在丈夫面前立的誓言，长年在煎熬中过着守贞的冷清日子。一日三餐，摆上丈夫的一份碗筷，且从无懈怠地操办祖父跟婆婆的法事。这些至今仍为街头巷尾之美谈。到照子十二岁，时光已过了六七个春秋。

可是约莫一年前，即去年正月的一个寒冷夜晚，正好是离去的第七个年头，万没想到靖之助突然出现在被他永久抛弃的家门口。听说那时他瘦削、衰弱得判若两人，口袋里分文没有。他跪在妻子面前说：“志津子，请原谅。我终究是个半途而废的人。如果可怜我，请让我进这个家门吧。”跟从前一样，他打动了妻子。不用说，志津子和照子都流着泪水迎接他的归来。然而在此须事先说明的是，靖之助并不是孤身一人回来的，他还带回两个奇怪的礼物。一是我在庭院里看到的那只鹤，另外则是一个十七八岁、有着跟鹤一般优美身姿的可爱的中国女人。任性的靖之助怀念日本而归来，却仍旧不能忘怀中国。他将给了志津子的屋宅要回来，使无处安身的自己有了着落，然后打算与那只中国鹤跟那中国女人朝夕相处，无忧无虑过自己随心所欲的日子。

靖之助在过去的七年里，在中国都干了什么？携去的钱款花在了哪里？一概不知。就是说，他曾经花钱如流水，尽情地浪迹天涯。照子问他：“中国是个好地方吗？”他便露出仍在追梦般的神情来，回答说：“好地方，跟画儿一样的地方。”说到与那女人的关系，他以吞吞吐吐、暧昧不清的言辞，羞于启齿地告诉了志津子。大致内容是：女人出生在扬州，他们相伴五年，有时住在杭州，有时在苏州度日，也曾生活在镇江、南京，后来两人沿着长江游历，去了安徽芜湖、南昌、岳州，还去了湘潭，最后进入蜀地成都，在从前杜子美的浣花草堂近旁逗留了一年多。他跟妻子说，如果为自己的丈夫着想，就千万不要怠慢了这个女人，只要这个女人在身边，哪怕待在日本，也好像是在中国一样。他说我爱这个女人，就好比爱中国一样，对中国的所有憧憬现时都移植在了这个女人跟鹤的身上。志津子终于醒悟，丈夫并非是真正意义上的归来。她连松口气的工夫都没有，接着承受起比过去还要心酸的痛苦。

靖之助回来不久，一天从中国运来了各种建材，又是木材又是瓦当。东西一到，靖之助便迫不及待地请木匠进入庭院，把长期无人居住、荒废不堪然而是由祖父修建、有着深厚历史渊源的梅崖庄拆掉了。他事无巨细地指点着，在那块地盘上组装起那些建材。那便是锁澜阁。锁澜阁一经建成，靖之助便带上那中国女人一起在那儿幽闭不出，直到今天仍是如此。

有关那家宅邸的事，大致经过如上。我那天在墙头看到的少女不是那中国女人，而是他的女儿——照子。照子为何身穿中国衣裳、说中文呢？那又是一段悲伤的故事。

照子的父亲只是开始时与她们母女和善对话，锁澜阁工事一完搬进那里后，又跟从前一样变成了一个冷冰冰的人。他不再说一句日语，总跟那女人兴高采烈地唧唧咕咕说中文。此时的他情绪激昂，有时判若两人地哈哈大笑。照子常听到那样的笑声。旁人不允许走近那所住居，唯独照子时不时悄悄跑来阁楼边。父亲也并未恼怒。看来，到底是心疼自己的孩子。照子时常带着哀伤的神态伫立池塘边沉思——她是那样的性格，或因长期以来的家庭环境所造成，她继承了父亲忧郁的神经质的特性。父亲对女儿的神态视若无睹。有时他却会怀着念旧的心情窥视女儿，一经照子察觉便赧颜抱惭。有时他还倚在二楼的栏杆上，跟中国女人俯视着庭院里的照子，唧唧呱呱地说个不停。照子逐渐习惯了，常来庭院玩儿，于是跟那仙鹤成了朋友。只要她跟仙鹤嬉戏，中国女人便会兴致勃勃地过来用中文搭话。女人高兴，父亲也高兴。照子也乐此不疲，至少能看到父亲的笑容。

　　照子穿中国衣裳，是志津子体贴丈夫。自己见不到丈夫，丈夫也不搭理自己。但她希望照子能让父亲喜欢，于是悄悄从横滨买来中式女装。有一天她让照子穿上那衣裳去了丈夫那儿。靖之助看到悲喜交加，露出一副奇怪的表情。打那以后，他的态度比先前缓和了，时不时露出笑容。照子有一次趁父亲情绪不错的时候，横下心来跟父亲搭话，结果父亲只扔下一句话："我不说日语！"转身走回了房屋。可是过了一个多月，照子突然用中文并且带着浙江口音跟父亲搭话时，他竟惊喜异常！平素那个中国女人跟照子说东道西，照子尽管不明白意思，听着听着却学会了，不知不觉中，竟只言片语夹杂着会说了。那女人喜欢照子，给她漂亮的衣鞋、簪子、耳环，还教她编发辫。在这般过程中，照子自然学会了语言。

　　"爸爸什么时候才会再说日语呢？"

　　照子可以自由会话后，向父亲提出了这个问题。

　　"我一辈子不说日语。"父亲答道。

　　问话使父亲大为不快。之后，他又开始讨厌照子与自己过分亲昵。

自那以后，我还想看看宅邸中的中国女人。仅有一次，好像是五月中旬的时候，我又攀过了那个墙头。空无一人、静寂的庭院里唯有一只鹤行走。阁楼大门上着锁，鸦雀无声。此外映入眼帘的唯有藤萝架上垂挂的紫色花絮，池塘里漂浮的睡莲，以及水边柳树在阳光下湿淋淋倒垂的枝条，南边小山坡太湖石旁盛开着大朵的芍药花。

然而过了五六天，闻知那座美丽静谧的庭院里发生了一桩事件。事件在当地城里一传十、十传百，引起轩然大波。说是照子有一天在庭院里，用短刀刺杀了那个中国女人。

可爱的孩子杀人是在一个阳光灿烂的初夏中午。方才还跟仙鹤嬉戏的照子冷不防地持短刀刺来，中国女人哇哇叫着满院逃窜。那叫声并未引起任何人注意，大家或以为那是鹤唳。女人个子矮小，与照子相差无几。况且她是三寸金莲，跑起来像鹤一样摇摇摆摆。她绕着池塘跑了一圈后，朝南边小山坡方向跑去。两个身着中国衣裳的少女绕着芍药花盛开的湖边一个在追、一个在逃，终于两人扭在了一起，咕噜噜滚到了柳树下。照子将对方按倒在地上，用日语说道："叫你害我妈妈！"随即短刀扑哧一声扎进了对方的喉咙。

听说中国女人被杀时的哀鸣，跟鹤唳一模一样。

撰于大正十年①六月

（《中央公论》大正十年七月号）

①即公历1921年。

上海见闻录

　　这次去上海最感愉快的是跟异国他乡的青年艺术家交谈。详情将连载于《女性》杂志五月号、六月号，敬请一读。总之在为我举行的盛大宴会上，九十位青年艺术家列席，宴会自下午三点延续到晚上十二点，诸君可想象他们予我的厚待。那天我还被拍摄进了电影里，跟欧阳予倩君一起在摄影机前拍了特写镜头。席间他们做了即兴表演，弄得我不说点儿什么就无法收场。我只好借着酒劲儿即兴发言。加入诙谐时，不等郭沫若君翻译便哄堂大笑起来，看样子他们当中三四成的人懂日语，然后不容分说把我往空中抛了起来。我自认能喝绍兴酒，一升应该没有问题。但那天晚上，实在是高兴得忘乎所以，我喝得酩酊大醉，出会场时，脚下七扭八歪踉踉跄跄。郭君担心，便扶我乘上车子，把我送到了旅馆。我扶着郭君的肩膀，好歹爬上了楼，一进房间门，便哇哇呕吐起来。如此大醉，可是这十多年来从未有过的。

　　不用说，在此提笔不是为了表达这件高兴的事情，而是想要转告诸位他们对日本文坛有何等了解。在中国，据说武者小路君[①]和菊池宽君[②]名声最响。我是偶然碰上了机会，受到了热烈的欢迎。

〇

　　一天，《神州日报》的余洵君来访。见面后他问："冒昧打听一下，你们撰稿费以多少字为单位，如何计算？"我告诉他是四百字为单位，最低多少钱、最高多少钱。他又追根刨底地问："可是日本小说，对话部分是一一分行的，那也算一页纸吗？"我回答说："是的。"他便说："你若带着原稿，我想要一页。"我告诉他没带原稿，他却奇怪地跟我约稿说："你带有稿纸吧，在稿纸上随意写点儿什么，简短的感想文章也行，以前小说中的一节也行。反正无论如何写点儿什么。文字尽量不要堆得满满，浮皮潦草写点儿什么就行。"我按照他的说法写给他后，余君把我写的东西以照相版的方式登在了他的报纸上，并附加说明："日本小说家仅这些内容，便能获得若干报酬。在中国，一张稿纸写得满满的，以千字为单位计算稿酬，最高不过七八元（相当于十日元上下）。可见我们中华民国的文坛有多么落后。"云云。

〇

　　田汉君是作家，也是菊池宽剧作选的译者。无论从哪个角度讲，此人最为通晓日本现代文学。有天晚上，我跟他一起去"新六

---

① 武者小路实笃（1885—1976），日本小说家、剧作家、画家。
② 菊池宽（1888—1948），日本小说家、剧作家，《文艺春秋》杂志创办人。

三"喝酒，我说了个"やに下る"①，在座的长崎出生的艺伎以及其他日本人多不解其意，有人甚至问："是'下野'吗?"然而田汉君不仅明白意思，甚至还记得此词曾在我的旧作 *THE AFFAIR OF TWO WATCHES*② 中出现。这是连我这作者本人都忘却了的事情，实在令人钦佩。

○

在消寒会上，我结识了一流的电影导演任矜苹君，他最近拍摄了《新人的家庭》，让我去观赏。于是第三天，我便去了法租界的恩派亚大戏院。听说中国的电影与日本相比，非常幼稚。其实亦有共同之处，同样丢弃了自己国家的长处而一味模仿西洋，若说低级庸俗，那是半斤八两，现在的日本或许不该嘲笑中国。尤其是，把浅草一度流行的连锁剧③改成连环戏，本身便意味着落后。至少，《新人的家庭》在演技、剪辑、导演制作等方面未必落后于日本。不足的只是摄影与照明。我问他们拷贝几部，答曰通常七部。我又问："中国有独特的风俗习惯传统，为何不用做题材呢?"任矜苹君苦笑着答道："我也赞成您的说法，但这是商品，无奈。"不过，女演员们在扮演时髦角色时，并非穿戴洋装，而是穿着中式服装，很美。然而那些女演员，人后怎样姑且不论，表

---

① 对应中文意思是"洋洋自得""摆臭架子"等，与下文出现的"下野"的日文发音相似。
② 《钟表事件》，谷崎润一郎于 1910 年发表的荒诞幽默短篇小说，之所以注有英文标题，乃因受到英国作家杰罗姆·克拉普卡·杰罗姆（Jerome Klapka Jerome, 1859—1927）的小说《三怪客泛舟记》（*Three Men in a Boat*）的启发。
③ 舞台剧中穿插入电影，两种观赏效果并用的一种演剧形式，流行于日本的大正时期。

面上个个一副臭架子，傲慢张扬，且个个喜欢跳舞，与捧场的看客或英俊的青年男伶出入时髦的酒吧。这些方面，在任何国家都是不变的。

○

日本女人中，也有在本国难得一见的强者。我跟 M 君去了租界顶头的一家酒吧，见一舞女，乍一看像是葡萄牙人，招呼不打径直走了过来。仔细一瞧是个日本人，年龄二十一二岁，脸盘胖乎乎的像个小姑娘。她边跳舞，边频繁跟我搭话："喂，谷崎先生吧？隐瞒也没用，在日本时见过的。你什么时候回日本啊？回去时带上我吧。"她说要带我们兜一圈上海酒吧，便拉上 M 君和我走出那家酒吧，开着车在深更半夜的街上到处瞎转。她在车子上评论了《痴人之爱》，又拉出什么朋友与娜噢宓①作比，说"那人可没有娜噢宓那般雄心啊"。我们挨个去了各处酒吧后，她又拉我到很多俄罗斯舞女围着的大圆桌旁，嘭嘭打开了许多香槟酒。到付账的时候，她拽出我的钱包来，擅自从中抽出钞票。完后仍死缠烂打抓住我们不放："一起再去个有趣的地方吧。"我跟 M 君默不作声，终于在拂晓四点来钟，带着醉得不省人事的她进了一家中国人开的旅馆。进了旅馆，她说"肚子饿了"，吃了炒面又喝了很多老酒，到此想必罢休了。可接下来，她开始一件件脱去衣服，连袜子也脱了去。她真是个酒鬼，听她本人说，一次喝得酩酊大醉，在外滩掉入江里，

---

① 谷崎润一郎小说《痴人之爱》中的女主人公，本名奈绪美，罗马字写作 Naomi，"娜噢宓"为小说中男主人公为显示其洋味的称呼。

差点儿没淹死。我跟 M 君撇下她一个人横七竖八倒在床上，好不容易逃离出来时，已是凌晨五点来钟。那以后，害怕她的纠缠，一段时间没去那家酒吧。可我不长记性，一段时间后再次走进那家酒吧，她又吵吵着催我："带我回日本啊。"我只好敷衍："嗯、嗯。"过了十天，一天清早我在旅馆洗完澡，正在换衣裳，未经服务生引导门被打开了，她出现在了门口。"啊，等等，我在换衣服。"我说。她却说："没事儿，没关系的。"说罢，便噔噔地跨进房间，靠在了暖炉前。她说昨晚去法租界的一个德国人那儿，五六个人挤在一起睡了一觉，现在刚离开准备回去。只见她皱巴巴的夜礼服上罩了件外套，鞋袜上满是泥浆。我说："我要去吃早饭，你也吃的话，就一起去吧。"她说："饭，我不要吃。给我喝酒吧。"然后招呼侍者，拿来啤酒和香烟。接下来的对话倒是有趣。

"谷崎先生，你会带我回去吧？"

"那个，很抱歉，带你这么漂亮的美人回去，会出问题啊。"

"你撒谎。上次不是说好了嘛，你不是'嗯、嗯'地答应了嘛。"

"回答'嗯'，不是表示答应。你回日本，到底想要干什么呢？像你这样的女人，在上海不更有意思嘛。"

"不行啊，待在这样的地方……只会越来越堕落。我回日本后，想进日活①。你一定帮我跟日活说说。那样，我今后会认真做人。就当是心疼我，拯救一个女人，行吗？我以前也不是现在这个样子啊。可是现在，喝酒、抽烟，连鸦片都吸……哎，谷崎先生，为什么不愿意？我会是你的累赘吗？"

---

① 日本电影公司，自 1912 年创立的日本活动写真株式会社发展而来，简称"日活"。

"啊，是累赘啊。"

"我以为你会对女人很亲切，好冷淡啊。"

不管她怎么说，我都不理不睬，狼吞虎咽地吃饭。她突然拥抱了我并强行要吻。噢，口臭难耐！恐怕脸都没洗就跑了来，又灌下啤酒，散发出一股难忍的气味来，我无情地紧闭双唇并推开了她。于是她操起流利的上海英语，口若悬河地说着什么。一有时机，便又冲过来要接吻。就在这时，恰好田汉君来访，她便说道："那给我叫部车子来。"说罢，若无其事地走了出去。不管怎样，倒是个干脆的女人。一问才知，田汉君已经到了一会儿，屋里那般吵闹，便在走廊里想——要么不吱声就这么回去吧。

上海这样的地方，给我的感觉是一方面时髦、发达，另一方面则比东京还要土。城里虽有二三十个舞厅，但日本的帝国酒店、花月园以及从前大饭店那儿的常客（包括日本人、西洋人）跳舞更好。音乐方面，从前的暂且不说，听说现今还是日本的好。舞台方面，除了曲艺，统统不足挂齿。电影方面，以类似美国的二流作品为主，几乎看不到欧洲那样的作品。我经三井银行土屋君介绍，为了有个话题，在东洋第一、世界上数得上的 Majestic Hotel① 住过两三晚。那家酒店一晚至少要付二十五银元，最贵的要七十五银元。尽管设备齐全、极尽奢侈，但波尔多葡萄酒最上等的说是一九二二年的拉菲酒庄，长崎的日本酒店可还有一九一一年的勃艮第葡萄酒。这么看来，这家酒店还不够真正高档。况且，饭菜也说不上味美。中国人习惯上也在崇拜西洋，这跟我八年前来中国时的印象大

---

① 即大华饭店。

不相同。当时我甚至想如有合适的，便在上海购置一栋住房。这一次，我是大失所望而归。要想了解西洋，还是得去西洋，若想知道中国，则该去北京。

（《文艺春秋》大正十五年①五月号）

---

① 即公历 1926 年。

上海交游记

（一）内山书店

刚到上海不久，一天受三井银行分行行长、老朋友 T 氏邀请，去了一家名为功德林的中国素食餐馆。参加宴会的有三井银行和三井物产的职员及 T 君的朋友十来人。宴会上，从经纪人宫崎君那儿听到一件出乎意料的事。说是当今中国的青年文士艺术家掀起了一场新运动，日本小说、戏曲等出色的作品都被他们翻译成了中文。宫崎君说："如若不信，就请到内山书店看看吧。您认识内山书店的老板吧？那个书店老板跟中国文人交往甚密，去那儿看看会有更详尽的信息。"

我说"出乎意料"，乃因上次大正七年来中国时，无论在北京还是在上海，我费尽周折都没法见到希望会晤的中国新一代文士作家，在当时的中华民国全无可能。"有无著名的小说家或戏曲家？"我问一个中国人。回答是："现今中国尚未进入那个时期，近代文学的勃兴不可能。青年有志者大都热心于政治。若有写小说的，基本都是报社记者偶尔为之，且多为政治小说。"也就是说比照日本，当时的中国正处于《佳人之奇遇》^①《经国美谈》^②的时期。当然没可能知道我等名字，更不要说出现我等的作品汉译。此后曾听说中国开始流行新的白话诗歌，也曾看到周作人君翻译的日本现代小说集。然而宫崎君所言大量地翻译绍介日本文学，在时隔八年这次来上海之前是万没想到的。看新闻报道，如今的中国学生仍热衷于政治运动和社会运动，我以为仍旧没有关顾文学的余裕。

过了几天，M君带我去了坐落在北四川路阿瑞里的内山书店。据说，除东北地区，这家书店是日本在中国的书肆中最大一家。老板是朝气蓬勃、明白事理、很有风趣的人。书店内部的暖炉旁置有长椅、桌子，顾客可在那儿喝喝茶、聊聊天（我觉得这可以留住喜爱读书的客人）。我在那儿喝着店里上的茶，倾听老板讲述有关中国青年的现状。老板说这家书店年盈利约八万日元，其中四分之一是中国人购买，而且这个比率每年都在增长。那么要问，中国人都购买什么方面的书籍？回答是全无倾向性，任何书都有人买。哲学、科学、法律、文学、宗教、美术……如今中国人的新知识，大抵通过日文书籍汲取。当然不仅仅是日本，西洋的知识也通过日译书籍来获取。原因之一在于上海是商人的都市，尽管也有西洋文书店，但书籍的种类有限，难以弄到他们所希求的原版书籍。有时想得到原版书籍，便征询东京的丸善。另一个原因则是语言方面的。听说日语绝非易事，但是阅读，比之英语、法语、德语，难易程度不可同日而语。理解小说、戏曲的妙处需两年工夫；但科学、法律

---

① 日本作家柴四朗（1853—1922）于1885年至1897年以"东海散士"的笔名陆续刊行的十六卷政治小说，明治时期广受日本青年喜爱。
② 日本政治活动家、作家矢野龙溪（1851—1931）声张民权、倡导立宪思想的政治小说，上、下两册，分别于1883、1884年刊行。

等书籍，有个半年左右，哪怕是一知半解也可以猜着阅读。想要迅速获得新知识的中国人争先恐后学日语。翻译成中文的西洋读物也多从日语转译。所谓新小说，仔细阅读便可发现，内容极大程度上是从日本的读物中获取启示。还有很多似乎是由日本读物改编成中文的。也就是说，现在日语在中国的作用，就相当于当年英语在日本一样。

"因此，不清楚现在有多少人能读日语啊。我的书店里每天都有中国人来购买图书，并在这儿喝茶、聊天，而后才离去。"

内山书店以自己独自的力量向年轻的中国人提供新知识。别的方面不说，至少在文学方面，日本留学归国者的社会认可度最高，他们逐渐功成名就成为精英。所以日本文坛情况被中国文坛了解到何等程度，确已超出了我们想象。目前在商务印书馆任职的有六七个帝大毕业生，他们时刻关注着东京的出版物。听说，他们计划有组织地翻译日本的现代小说和戏曲。

"尔等对此或一无所知吧。"内山氏说道。

"问及日本留学的中国学生回国后做什么，只知一些人成了政治家或军人。何人与何等文学艺术相关，国内是一无所知，实在遗憾。双方能互通信息才好。今天也有中国文士来店里说，听说谷崎先生来了上海，一定给我们介绍啊。您来上海，昨天在中国的报纸上登了消息。很多人都想见您呢。我便答应了，说：'好啊。那么近日里开个见面会，邀请谷崎先生来认识认识，我会召集重要的人物到会。'总之，准备就在这两天内举办，届时，请您一定赏光。"

未料在中国能遇此知己，我恍若梦中。中国的报纸发了消息，也是那时才知道。（我后来也是由中国的报纸获知，西条八十氏①回国途中经由上海。）

接着，内山氏列举了三个新进文士代表的名字：谢六逸、田汉、郭沫若。谢君是研究日本古典的人物，正翻译《万叶集》《源氏物语》。他有时来书店，征询《万叶集》和《源氏物语》中不明之处，弄得内山氏茫然不知所措："哎，等等，这里我也不懂。"田汉君在翻译《日本现代剧选》（分第一集、第二集，陆续由商务印书馆出版发行。现正在翻译第一集——《菊池宽剧选》，由《父归》《屋上的狂人》《海之勇者》《温泉场小景》四篇构成，卷头是《新思潮》② 同人介绍；译者还加注了回忆，即曾经聆听冈本③、小山内、里见④、菊池、久米⑤诸氏讲演）。此外还有一个创作剧集，题为《咖啡店之一夜》，纳入了五场独幕剧（分别为《咖啡店一夜》《午饭之前》《乡愁》《获虎之夜》和《落花时节》）。其中《获虎之夜》是杰作，听说近日同文书院的学生们将在日本俱乐部的舞台上试演此剧。郭君是福冈大学毕业的医学士，但他弃医从文埋头于文学，被称作"中国的森鸥外⑥"。听起来，像是上了年纪的人，其实没到那个岁数。比木下杢太郎⑦还年轻十多岁，与田君、谢君一样，

① 西条八十（1892—1970），日本诗人、歌词作者。
② 日本近代文艺同人杂志，日本导演、剧作家小山内薰（1881—1928）于1907年创刊，旨在介绍国外新思潮。此刊物作为东京帝国大学文科的同人杂志，陆续将谷崎润一郎、菊池宽、芥川龙之介等推上文坛。
③ 冈本绮堂（1872—1939），日本小说家、剧作家。
④ 里见弴（1888—1983），日本小说家，本名山内英夫。
⑤ 久米正雄（1891—1952），日本小说家、剧作家。
⑥ 森鸥外（1862—1922），日本小说家、评论家、翻译家，日本近代文学大家。
⑦ 木下杢太郎（1885—1945），日本诗人、剧作家、翻译家，并从事美术史、文化史研究，本名太田正雄。

郭君也是二十来岁的青年。他们初露头角不过是最近的事情，迄今的道路坎坷异常。尤其是郭君，在福冈娶了日本太太，已有子女，曾因经济窘迫，连柴米油盐的钱都凑不出。内山氏说："郭君夫妇和睦，那么多孩子，熬到了现在，郭君自然了不起，那位日本太太更是令人钦佩。"后来我听同文书院的教授说，文章受日语影响最多的是郭君。郭君作诗、写小说，亦通英、法、德文，自然被称作"中国的森鸥外"。

见面会上，如上三人自然不会缺席。实际上中国文坛也分诸流派。谢君一派与田君一派似有纠葛，见面可能出现别扭，但估计他们不会缺席。另外在新剧运动中独具一格的旗手欧阳予倩也来。此人是早稻田大学毕业的，做演员也当导演，最近还做新电影的制片人。此君像似兼具小山内薰、上山草人①二者特征的人物。会场设在内山书店二楼，不可能容纳所有人。所以听说当天确定先邀请十来位重要人物。

内山氏的心血来潮，为我提供了一个意外的机会。我对其好意表示深深的感谢，并再三请求他代斡旋之劳。

(二) 见面会

见面会头天早晨，内山氏打电话来通知我。不巧那天注射了伤寒预防针，一整天不能喝酒，所以想最好改天。无奈，大部分参加见面会的人都住在租界外，东一个西一个方向不同，而见面会就在

---

① 上山草人（1884—1954），日本电影演员。

翌日，自然没时间重新发通知改变日期。这样，便决定当天照顾我不设酒水，饭菜也改为素食（功德林是提供酒水的，但是听说正宗的素菜馆是不给喝酒的）。

六点钟，跟在北京结识、八年未曾谋面的村田君（《大阪每日新闻》社）一同出发。日本方面除我俩，还邀请了几天前邂逅的宫崎君和中国戏剧研究会的冢本君与菅原君。走进店门，见暖炉旁坐着一位身穿西装、戴着眼镜的青年，那便是郭沫若君。圆脸、宽额头、温和的圆眼珠，直愣愣不打卷的硬发一根根竖着似乎数得过来，在脑袋这个花盆里呈放射状。抑或稍有背驼，体形外观看似老成。我们被带到二楼的会场。接着谢六逸君来了。他穿一件淡色、类似换季服饰色调的西装，上衣下露出里面穿着的毛衣。他面部丰满，体胖，沉稳、大气。内山氏给谢君介绍了郭君。不同派系的两个首脑借此机会初次见面打了招呼。然后便开始了极其流畅的日语交谈。谢君说："我知道令弟。我在早稻田时，精二先生①是我老师。"并拿出名片来给我，见名片的背后印着 MR. LOUIS L. Y. HSIEH M. A.（DEAN OF SHEN CHOW GIRLS' HIGH SCHOOL, PROFESSOR OF SHANGHAI UNIVERSITY）。谢君一面从事文艺活动，另一方面则是上海大学的教授，兼任神州女校教务主任职。看了名片，参照他的言谈举止、待人态度及稍显稀疏的毛发，本有年龄不小之感。但说精二教过他，想必还年轻。那么，精二是否知道他教过的一个学生现为上海有头有脸的人物？

这时，欧阳予倩排闼直入。白净的面部戴着眼镜，那架势毕竟

---

① 谷崎精二（1890—1971），日本作家、英文翻译家，早稻田大学教授，谷崎润一郎的弟弟。

是站舞台的人。梳理成背头的乌发漆黑发亮，鼻梁端正俊秀，耳后至脖颈的皮肤尤为白皙。方光焘、徐蔚南、唐越石诸位亦至。我座位右边是谢君，左边是方君。中国似乎不像日本那么流行西装，可聚集在此的人一律都身着西装。而且不仅对我，他们相互之间也尽量说日语。我自从移居到关西，好久没参加标准东京语调的集会了。大家围坐在桌子旁，谈话渐趋热烈时，最后一位田汉君到会。可说实话，如果不是内山氏通报"田汉君来了"，我无论如何都想象不出那身穿素淡洋装走进来的人是中国人。反之会以为自己忘记了对方的名字，琢磨来者何人，莫非是东京来的某文士？可见田汉君的容貌风采跟日本人何其接近，简直与我们的同伴儿一模一样。他肤色黝黑，瘦削，长脸，有棱有角的轮廓，头发不加修饰乱蓬蓬的，还有那神经质的目光，门牙突出的嘴巴忧郁地紧闭，没有笑容，身体略微前倾却稳住不动的样子，令我想起我们自己的二十来岁。他面对桌子垂着头，抬眼环视了一圈在座诸君，沉默了一会儿，突然道：

"谷崎先生，我这是第二次见到您。"

（我再次震惊于他的声音。那干脆利索的语调不正是完完全全的东京口音吗？）

"啊？见过我吗？"

"嗯，见过的。在有乐座①首演《业余爱好者俱乐部》时，我去看了。那里面有您的特写镜头对吧。"

"哦，是啊。那是在影片中见到的了。"

---

① 位于东京千代田区，1908 年开场，为日本最初的西洋风格剧场。

"我还知道栗原托马斯①。你们去由比海滨拍过外景吧。我正在镰仓避暑，看到了你们的外景地。"

我没想到，会在此唤起大正无声电影时代那些遥远的回忆。那是大正九年夏天的事情，田君那时正好在日本留学。

过了一会儿，席间的谈话转向中国的文坛艺术。听宫崎君说，日本的很多作品被译成了中文，我最想知道的是翻译的范围及种类。我告诉他们，可能的话，希望尽量帮我搜集那些译作，我将作为礼物带回日本文坛。田君、郭君轮换着告诉我，其实有许多翻译计划，若查一下，会有很多日文作品的翻译。许多人持有已经完成的译稿，遗憾的是一般读书界尚未前进到那一步，所以书肆还不敢出版单行本。日本作者中广为人知的是武者小路氏和菊池氏。前者的代表作品有《一个青年的梦》和《妹妹》(《妹妹》由田汉氏的弟子周白棣翻译，中华书局发行。《一个青年的梦》我还没买到)。而后者的作品已隆重出版，编入前面提到的《日本现代剧选》。这些已出版发行。其他一些刊于同人杂志。那些杂志未能持续发展，过不久就停刊了。这种情况下，想搜集所有发表的译作十分困难。他们却说，需要的话，您回国前，尽量找一找。我说："是么？眼下的中国正如我们当年的《新思潮》时期，对吧？"田汉君性急地点头说："是的是的。戏剧方面也与日本那个时期相当。所以，我们写了剧本也很难期待剧场上演，只是偶尔的、业余的、小规模的试演罢了。"听他一番牢骚，郭君也苦笑着说："不管怎么说，还处在

---

① 即栗原喜三郎（1885—1926），日本演员、导演，曾为美国好莱坞演员，回国后作为导演拍摄了多部无声电影。

令人惭愧的时期。"我应答道："那是没办法的事啊。我们也从这样的阶段过来的。你们才二十来岁的年龄，还得蛰伏十年啊。"我回想起自己的往时。今日在此做他们的前辈，十分愉快。

"没办法啊。我暂且从事电影工作，等待着时机的成熟。"

欧阳予倩也感叹地说。他说到上海电影公司的情况。现在号称"某某影片公司"的有四十多家，只有一两家拥有摄影棚。女演员中，最近登上银幕的张织云小姐最受欢迎。但在座的日本人都认为中国电影很幼稚，情节过分模仿西洋。欧阳君辩解道："确是如此。跟我有关的电影公司拟客邀田汉君，我做导演将他的原作搬上银幕。"他跟我约定，近期邀我到他的公司看看，给我介绍那里的女演员。说到模仿西洋，纷纷议论上海的中国戏剧品味太低，开始攻击绿牡丹①。我去年在关西观看了绿牡丹的《神女牧羊》，最后一幕像是在模仿脚尖舞，怎么回事啊？那种舞蹈只有身形妖艳的女人跳才有美感。模仿那样的舞蹈，何等拙劣可想而知。听说那是绿牡丹很拿手的一个节目，真是让人目瞪口呆。日本观众为其拍手喝彩，让我感觉十分可怜。在座的还一致认为，绿牡丹之辈并非一流演员，在上海，自然还有更好的演员。

没有酒水，总觉得对不住大家。不过菜很好吃。听内山氏说，一位日本厨师被带到中国来，品尝了各种菜肴，问什么最好吃，他说最钦佩的是素食。普通菜肴味道不错，但材料丰富，做法大致想象得出。然而用有限的材料做成变化多端、色香味俱佳的素菜，实在不可思议。那个日本厨师敬佩地说，素食菜肴可谓达到了技巧的

---

① 即黄玉麟（1907—1968），京剧旦角演员，艺名绿牡丹。《神女牧羊》为其赴日公演剧目的日文译名，中文剧名《龙女牧羊》。

极致。本来，我很早以前便听朋友笹沼氏（偕乐园的老板）说，中国的素食菜肴登峰造极。上次来没机会品尝，前些时在功德林算是头一次。今天的素餐跟功德林比，更是美味佳肴。一问，是一家名叫供养斋的素食馆制作，说是那家店掌柜跟内山氏认识，制作得特别精细。材料主要是面筋、豆腐、豆腐皮，此外不过是淀粉、糯米粉、面粉之类。将这些材料变成各种各样的形状，然后一个接一个地端上桌，菜的外形跟普通菜肴无甚两样。比如有燕窝汤，也有干蒸野鸭家鸭和余鱼丸羹。不过倘仅有这些的话，诸如将羊羹做成生鱼片样，豆腐皮做成香蒲烤鳗鱼等，日本的素食里也有。但日本的素食只是模仿颜色和外形，而在中国，令人惊讶的是连味道都真假难辨。尽管不能说完全一样，但普通菜肴该有的复杂调味，可以说一应俱全，例如燕窝黏糊糊的口感，野鸭肉的浓厚感，芳醇的、滋润的、清淡的、刺激的口感等等。所谓素食，原本以为是不能满足食欲、寡淡无味的料理，事实上却似朵颐大鱼大肉一样足以满足食欲。烹饪技术达到这种水平，简直可以说是一种魔法。尤其微妙的是"清汤"不仅有好几种，且味道均不相同。听说中国有好几百种菌菇，会否是用那些蘑菇做的汤汁呢？

"我真没想到，如此美味！从没吃过这么好吃的东西。"

我不由得放下筷子，一再感叹道。

中国菜的话题，让大家热闹了一阵。以前我认为上海菜跟北京、南京、苏州、杭州等地的菜肴比较，味道是最差的。那些无人不知的有名餐馆的确不好，可是日本人很少光顾的小饭铺，饭菜却别具风味。那些挂帘式的小饭铺没有一味地追捧西洋，使用什么芦笋、英国面包、牛肉、牛奶之类。这样的小饭铺，反倒更加接近日本菜。比如二马路①有条饮食街，也就是我们的"食伤新道"②。那儿像似东京的木原店或大阪的法善寺横丁③，小饭馆鳞次栉比，绅士和劳工都喜欢。前些日子，宫崎君带我去了一家名叫"老正兴"的馆子，正宗的宁波菜，说是客人多为宁波人，原材料多为鲜鱼。那里的菜，使我想起幼年时母亲做的饭菜。此外有生河虾，有称作"蟹子（?）④"的小蚶子，开水焯过，滴着血盛入盘子。四马路⑤的聚晶馆有绢滤豆腐汤，还有干烧菜叶的一道菜，日本叫たかな（大芥菜）。跟I君索性走进一家脏兮兮的馆子，那里有炒芹菜（意想不到，中国人常吃蔬菜。用餐时，最喜欢一种名叫香菜的菜叶）。这里吃的菜，无论色味，皆与我们自幼吃惯的菜肴无甚区别。但用油的方式不同，适量、巧妙，并不油腻。对此我深有感触，日本与中国在风俗习惯上何其接近啊。现今的日本已不太流行吃粽子，中国却是家常便饭。日本的粽子做法原始，当作点心。我这次在中国尝了尝粽子，到底是正宗。好像有二三十个种类，大致分甜咸两类。粽叶里包着的不是年糕，而是糯米饭。饭里拌有豆子、咸味火腿及其他各种材料调味，粽叶味道也浓郁，把粽子放在一个好像日本炖烩菜的大锅里咕嘟咕嘟煮，边煮边在大马路上卖。一个三分钱，吃三个肚子就饱了。我告诉大家，粽子又便宜又好吃，没有比那更好的了。内山氏亦有同感，他说：

"中国的粽子，的确非常好吃。日本人觉得脏，没人吃，其实

---

① 今上海九江路。
② 东京日本桥旁边的一条街，曾是有名的饮食街，1923 年毁于日本关东大地震。
③ 法善寺是位于大阪市中央区难波的净土宗寺庙。"法善寺横丁"是法善寺周围的小巷，小餐馆密集。
④ 谷崎在这个词后面打了一个问号，想必他也记不清是否为这个称谓。
⑤ 今上海福州路。

煮过的东西直接从锅里捞出来，根本没有什么危险的。在中国，就要那样看似不洁净的地方才有好吃的东西。"

"哎，中国人能品出日本人玉露茶的滋味吗？"有人问道。

中国人喜欢热茶，并无品尝玉露茶的雅兴，但沏茶的方式及茶器观赏，却有自己的传统。因而茶道名人使用的茶器多是紫砂制成的昂贵器皿。关于茶器，有个有趣的故事。从前福州（？）① 有个财主，嗜好茶道，挥霍了所有家产终成一乞丐。尽管这样，他有一个平素喜爱的茶器，仍带在身边爱不释手。有一次，他来到一个富人家门前乞讨，并对主人说："久仰此方主人珍藏稀罕茶器，乃茶道名人，请主人赏赐一杯亲手沏茶。"主人感觉诧异，便请乞丐进入宅邸，并亲自沏了一杯茶。乞丐饮罢说："确为好茶。不过我这儿也有一茶器，我用此茶器给您沏一杯茶。"说完，从褴褛衣衫中掏出那个茶器，给主人沏茶。主人呷了一口，果然馥郁香味，满口清爽，跟自己沏的茶截然不同。同样的茶，同样的水，乞丐以茶器和开水的温度胜出。这么一来，说是主人和乞丐以后成了至交。

"这样的趣闻有的是呢。"座谈会不断引出新的话题。约定再聚后，十点便散会了。我邀了郭君、田君边走边聊。郭君说，日本的文士撰稿，以四百字为单位计算稿酬，而中国是以千字为单位；日本小说的对话场面每句换行，中国则一句接一句满满登登，并且一流作家千字稿酬仅有七八元，真受不了。田君说，上海有很多冠名"某某大学"的机构，我等在那些学校当教授维持生计，不可能靠稿酬维持生活。谈话转到日本现代诸家批评上。他们的观察基本切

---

① 这里同样有个问号，表示谷崎也拿不准是不是这个地方。

112

中肯綮。他们的阅读量很大，有时我们自己都不甚了解的文坛内情，他们了如指掌，令人惊诧不已！田君说："过不了多久，日本的作品都将翻译出版。"继而说："周作人君是人道主义者，主要翻译白桦派的作品。但从绍介日本艺术的角度看，必须更加公平地选择。"我却觉得，说归这样说，田君和郭君同样倾向于人道主义。已有译著的作家中，菊池氏的文章最容易，里见氏的最难。我也肯定他们的这个看法。

两人来到我住宿的一品香旅馆，喝着绍兴酒继续谈话。微醺之后，两位直言不讳地表述了现代中国青年的烦恼：我们国家的古老文明正被时下的西洋文化侵蚀驱逐。产业组织改革后，外国资本流入，油水都被他们榨取了。中国有无尽的宝藏，外国资本正不断开发新的财源，但我们中国国民不仅得不到丝毫利益，物价还天天上涨，生活越来越困难。上海是繁荣都市，财力和权力却都集中在外国人手上。并且，租界奢侈的风习逐年向乡下渗透，不断蚕食毒害着淳朴地方人们的灵魂。百姓种田赚不到钱，却被激起了购买欲，因此更是一贫如洗。我们的故乡田园荒芜，农业萧条。他俩都说，这都归咎于外国人。其实我并不知道这些，一直以为北京、上海那样的城市有排外思想，乡下的中国百姓，"帝力于我何有哉"，他们不关心政治、外交，吃便宜的食品、穿廉价的衣裳也能满足，仍无忧无虑、悠悠自得地过日子。可是他俩却面露悲观神色说：错了。乡下人也不像从前那样无忧无虑。我说财富聚集在都市，乡下渐趋凋敝，不仅是中国，实乃全世界的共通现象。而所谓外国资本，主要是美国、英国的财团，席卷全球。那些经济问题我不甚清楚，日本大概也受盎格鲁-撒克逊人支配。也就是说，全世界的油水都被他们榨取，或许受苦受难的不仅仅是中国。好在中国国土面积大，财源富足，一星半点儿的借款不算什么，说不定比其他国家好得多。

"那不对。"

郭君当即否定。

"日本与中国情况不同。现在中国不是一个独立完整的国家。日本借钱己用。而我们国家，外国人随便跑来，无视我们的利益、习惯，随意在这个国家的土地上造都市建工厂。我们却束手无策，任凭其践踏。这种情况下，我们绝望的、坐以待毙的心情，绝非单纯的政治问题或经济问题。日本人没有这般经历，很难理解。这些在我们年轻人内心留下了多大的阴影啊。所以一旦发生排外事件，连学生都闹起来，正是这样的原因啊。"

"日本的所谓中国通没这么讲。按照他们的说法，中国人经济方面是伟大的人种，却无政治能力。而且他们是极端的个人主义者，所以并不在意。国家的主权被外国人剥夺，他们仍满不在乎地勤奋工作赚钱。这是中国人的弱点，也有出人意料的坚忍。中国自古以来几次遭外国人入侵，中华民族却无丝毫衰落，繁衍自强。入侵者反被中华的固有文化所征服，最终熔化于'中国'这个熔炉……"

"不过，昔日的入侵者是落后于中华文化的民族。遭遇先进于自己文化的民族，中国历史上还是头一次。他们从东南西北各个方向侵入中原，不仅是经济上侵入，还作恶多端搞乱我们的国家。他们借钱、卖武器给军阀，他们设立租界那样的中间地带，否则中国怎么会像现在这般混乱、内战不断。中国自古便有战乱，但在我们看来，今日的状况根本性质上不同于以往的野蛮人入侵或单纯的内乱。不，不仅是我们，全体国民都觉悟了：这次跟以往不同，不是面对野蛮人，所以须全力以赴地对抗。或许今日的情况前所未有，大众意识中浸透了国家概念。"

"可是我听过这样的话，不是事实吧。"我说。

"在南洋，中国商人有惊人的势力。所有权利掌握在他们手中，连荷兰人都畏惧他们三分。但那些商人并不在乎本国的情况，当地虽有中国领事馆，他们根本不理会。他们中大多数人不识汉字，忘记了母语，操持荷兰语。在举例解释中国人的人种归属时，常引用这个例子。"

"啊，南洋的中国人现已觉醒。他们渐渐醒悟到：没有国家后盾会被白人欺压。因此最近都把自己的子弟送回国内接受教育。他们纷纷为广东的反英运动捐款。我们文人是无法捐款的，但可以赋诗写小说，运用艺术的力量向全世界表述我们的苦闷情绪。我觉得，以这种方式让那些有良心的人来理解中国的痛苦，是最有效的……"

与二君的谈话直至深更半夜，意犹未尽。我觉得他们说的都很在理。就算两人的观察有误（我不相信会有误），也该尊重他们内心的苦闷和烦恼。结果两人告辞时，已经约莫十二点钟了。

（三）文艺消寒会

谷崎先生：

　　我们上海几个文艺界的朋友有消寒会的组织，欲藉以破年来沉闷的空气，难得先生适来海上，敢请惠然命驾，来此一乐。

会场	斜桥徐家汇路 10 号新少年影片公司
电话	West 4131
会期	本月二十九日午后二时起

上海文艺消寒会敬约

主席　欧阳予倩　田汉

邀请函转换成了注有假名的日文。

"先生适来海上"乃有意颠倒上海一词。"难得"即"少有机会"。或有更好译词。欧阳君和田汉君名前冠以主席，想必是发起人或干事之义。消寒会，亦师出有名，前日见面会时，有人称无酒不尽兴，提议近日举行消寒会，大家痛痛快快喝一场。中国朋友神速，很快采纳了这个提议。

充作会场的新少年影片公司，在离租界很远的地方，那里是与田汉君、欧阳君有关的电影公司。会场设在如此不便的偏远地方，是想借我的欢迎会聚集各方面八九十位新人，毫无顾忌地尽兴畅饮，所以市内的餐馆不合适。他们告诉我，消寒会当天的参加者形形色色，有小说家、画家，也有音乐家、导演，还有漂亮的电影演员，甚至有北京来的艺术家。他们说要将那些人统统介绍给我。田汉君事先大造声势，或将举办一场上海前所未有的艺术家大型聚会。

上海的冬天正如三寒四温一语所示，酷寒的日子持续两三天后阳光普照，像春天一般暖洋洋。田汉君开车来接我，正是这样风和日丽的一天下午三点前后。

"怎么样？可以出发了吧。我刚才去会场看了看，大家陆续进会场了，那儿显得很热闹啊。说是要尽兴，从白天到夜里十二点呢。"

"嗨，不需要着急吧。喝杯茶再走吧。"

"不了，尽快出发。今天准备给你拍短片呢，还有各式各样的余兴节目，所以早点儿出发好。"

车子载着我俩，沿旅馆前的赛马场、平坦的西藏路自北向南驶去。水泥马路如同打磨过的走廊地板光亮平滑，在阳光的照射下开阔、亮堂。正值旧历年年末，街上车马人流络绎不绝。骑乘马上的士兵队列踏着响亮的马蹄声，自街道上汽车、马车、人力车及成群的苦力间穿过。跟在马队后面的是戏曲等各类活动和年末大甩卖的广告队列。还有一列抬着新娘的花轿队列踩着咚哒哒、哒哒咚的乐队鼓点，小心翼翼地前行，花轿里乘坐的像似龙宫公主，美丽光彩。街上的景物暖洋洋、亮闪闪，光彩炫目，美不胜收，令人产生蒙眬似睡的感觉。我笑道："这么暖和，真格是消寒会啊。"

我们在门前下了车，然后穿过电影公司的广场，只见郭沫若君正站在门口台阶上挥动着帽子。旁边白皙皮肤、架着眼镜的是欧阳予倩吧，他今天穿着一件中山装。登上楼梯，一个年轻女人从欧阳君背后文静地走过来跟我打招呼，是欧阳君的夫人刘韵秋女士。夫人精于诗书，文坛上也极富名气。言语不通，实属遗憾。不过看上去并非新潮女人，而是一位气质绝好的典雅太太。"哎，走吧，那边已经来了很多人。"欧阳君邀我走进平日作为公司工作室的房屋。我们穿过一间大房子走入套内的另一个房间，那里聚集了二三十人。一看，有认识的方光焘、徐蔚南、唐越石三位在场。经介绍，在场的有广东富豪子弟、东京美术学校毕业的西洋油画家陈抱一君，最近去法国、意大利游玩刚刚返回的漂泊诗人王独清君，小提琴手关良，电影导演任矜苹，还有个性强、最近从法兰西回来的飞行家唐震球君，以及剑术大家米剑华老人。此外还为我一一绍介了演员、摄影师等，然后将我带进像是套间的另一个小房间。挑起隔屋帷帐，只见唐震球夫人、欧阳剑涛夫人、欧阳予倩令妹、王慧仙小姐、杨耐梅小姐等，夫人、小姐、女演员们如花似玉站列在那里。

"到傍晚，还将有许多女客到场。张织云小姐也会来。"田汉氏说。

我向美丽的女性们行了礼，马上退至男人聚集的地方。在阳光西射、明亮的房屋里，纸烟烟雾弥漫。"Navy Cut"① 罐口打开，整罐放在桌上，手够不着的客人面前，跟茶水一起分放着五六根。茶杯是注入开水盖上盖儿喝的那种盖碗式，喝完后即给添热水。烟抽完了，马上有人摞上五六根。据说，全世界饮茶最多的要数俄国人和中国人，像我这样一年四季咕嘟咕嘟喝热茶、有抽烟毛病的人，这种招待方式是再好不过了。总之，吃东西也罢抽烟也罢，中国式的做法毫无拘束，比西洋自由得多。装束也五花八门，穿西装的陈抱一君，穿长靴的王独清君，着晚宴服的唐震球君（中间拍照时穿西装，不知何时换上晚宴服），还有穿中式服装的任矜苹君，各行所好。诗人王君的法语可能很棒，但不会说日语，我们目光相遇时，他只是微微一笑。干事田君很忙，所以由方君和陈君陪我聊天儿。说话期间，到会者陆续增加，更加热闹。这个房间里的椅子似乎不够了，于是多出来的人坐到了旁边的大房子里去。桌子上满是

---

① 中译"海军切片"，一种烟草类型，切成薄片的块状烟草。

烟蒂，地板上尽是花生壳。

"我也曾去贵国留学，但日语都忘记了……"

时而有人跟我这么谦虚地寒暄。其中有个五十来岁的老人，抱歉名字忘记了，是位退役中将，现从事电影方面的工作。此人毕业于日本的士官学校，回国已二十年了。他仿佛在将记忆深处含糊不清留存的日语一个一个搜寻出来，问道："大地震后的东京变成什么样了？"说着说着，他似乎渐渐想起了日语词汇，向我讲述了巴蜀风俗、洞庭湖景色、三峡之险等各种旅游经历。

"下面我们要拍短片了，请大家到户外去。"

在干事的催促下，大家一个个聚集在门口台阶外的广场上。首先拍摄米剑华氏剑术。老人似已年过六旬，须发银白，更显武艺高超，舞起剑来气宇轩昂、英姿飒爽。两柄剑刃亮闪闪在其双手舞动，剑身笔直，令我觉着似在观看日本的剑舞或杂耍艺人的表演。想来这是展示剑法的演技，现场观看中国武术还是头一次。米氏老人结束后，接着是欧阳予倩舞剑。欧阳予倩是新剧先锋，既是演员，或许便是必修技艺。但他用的不是双剑，而是正面持剑凝视剑身，一双黑眼球似乎成了对眼（那眼神与日本的正视不同，在我们看来有点儿怪异），然后两腿大叉开，左手胳膊肘弯曲遮在头上，右手直接横刺出剑，做出侧面刺敌的架势。跟米氏老人的剑法有些许不同。

下一个是关良君演奏小提琴，同时有人模仿街头卖唱。上海的《新闻报》有条关于这段内容的报道："还有，竭力推出关良君演奏小提琴，叶鼎洛君扮作老板，哑戏完毕，叶君摘下他头上的绒帽，向观众乞讨……接下来是邀请日本文学家谷崎君与欧阳予倩君合影，摄影师让二位并肩而立且做出谈话状，两人相视微笑，个头相当，状似 kiss，观众哄笑不已。这时夕阳落山，无法再用镜头，于是又相率入室。""状似 kiss"言过其实，但大体如报道所言。

夜幕降临，到会者愈来愈多，所有房间都满了。没地方坐了，不断有人三三两两地从这间房子走到那间房子。在人们围堆的地方，有人在胡琴的伴奏下唱歌。透过人群缝隙往里张望，唱歌的是唐越石君。他站在房间的一个角落里，背对着人群，面朝墙壁。这样似乎声音的回响更大。其唱歌时总利用这样的位置还是因羞涩躲避听者的目光？这且不论，总之中国人唱歌不像日本人那样压声，无论什么场合都使出浑身解数，声嘶力竭般高亢激昂。所以背后看去，唐君像似在啃咬墙壁。不过唐君的声量就我这个外行听来亦十分专业，抑扬顿挫巧妙。他唱完一首，在听众的要求下，又连唱了两三首。"那，我也来一首。"这时田汉君突然插了进来。跟唐君比较稍差一些，但的确是比我唱歌泽①小曲、端呗②小曲的水平高得多。

两位唱完，也许还没唱完，郑觐文老乐师开始表演琴乐。一片嘈杂声中，我没听好。琴的形状跟平安朝的"琴"酷似，弦数也是七根。我试着轻轻拨动了一下其中一根，发出类似吉他的音色来。古代乐器在日本只有博物馆里保存，所谓"菅公遗爱琴"，无人能演奏，不像中国现今仍用。大家乱哄哄地进进出出、说话聊天，不知什么时候演奏结束了。据说这乐器音色寂雅。所以，大概没几个人听到演奏，实在可惜。

① 日本三弦音乐种类之一，始于江户时代末期。
② 始于江户时代末期的短小歌曲，作为家庭音乐直至明治时期在日本全国甚为流行。

七点一到，终于酒宴开张。七八个人一组分别就坐，餐桌难以排开，盛况空前。这时，迟到的张织云小姐到场，卜卦算命的菱清女士的奇特身影也出现了。通道堵得满满的无法动弹。大家坐定后，为正月祝福，北京来的艺人张少崖氏在三弦的伴奏下唱了通俗小调。三弦音色颇佳（我以为中国叫蛇皮弦，结果还是叫三弦）。演奏时不用日本那种拨子，而用与琴类似的指套。音色响亮，音幅较广，不时令我想起日本三弦伴奏的地方歌谣。张氏歌曲的声调亦不高昂，低沉、雄浑、敦厚的唱法巧似于日本艺人沙哑、富有韵味的音喉。这种歌唱即便不知语言语义，也能欣赏其高明。他唱完一段，将一杯茶一饮而尽，然后穿插进一段单口相声引子似的笑话。笑话的内容我也不懂，但富有幽默感的嘴角和眼神跟日本的曲艺演员如出一辙。对于好久没接触此类艺人的我，有种说不出的亲切感。恕我冒昧，这位张氏的眼神跟泉镜花氏①一模一样。镜花先生情绪好笑眯眯时，时常露出天真可爱的眼神来。在场的人哄然大笑前仰后合，张氏的舌头愈加灵活，眼神也更加滑稽幽默，愈似泉镜花。一般情况下，面貌相像声音也相似，张氏便如此。我时常想起泉先生，如今也时时想起张氏。

张氏唱罢，满场掌声、喝彩声经久不息。下面上场的是金小香小姐的太鼓。这个跟日本的舞伎②太鼓很像，但比舞伎打的鼓扁平一些。鼓架不是木制而是铁制，当然要站着敲打，所以鼓架挺高，好像西洋的乐谱架。鼓槌也是两根，但如鞭子一样细细的。敲打的方式极其简单，不像日本那样鼓槌交替抡起，只是用那鞭子头轻捷

① 泉镜花（1873—1939），日本小说家、剧作家，本名镜太郎。
② 指未出徒的艺伎。

地敲打。说实话，看上去与其说是在打鼓，不如说主要是唱歌。那鼓声被歌声压住几乎听不见，没觉着有什么特别的技巧。她边唱边手持那个像鞭子一样的鼓槌，做出各种各样的妩媚姿态来，感觉那鼓槌不是为打鼓而是用作装饰的。听说她唱的是《水浒传》《三国志》中一段，感觉不如张氏的表演有趣，就像在听女义太夫①似的。

忽然田汉君站起身来，为张氏干杯，又为金小香小姐的健康干杯，然后做了长篇演讲。我完全不懂，演讲中不时出现"谷崎先生"，"啊，这是在致欢迎辞。"我这才明白过来。人们的畅饮由此开始。中国式干杯是一饮而尽，须像魔术师变换手法似的，当即将杯底亮给众人拿出证据，意思是"干了"，并且没有日本式的相互斟酒。总之我也多次做出"干了"的手势，被大家劝酒连干好几杯。因是绍兴酒，我便满不在乎地认为，喝多少都没关系，结果错了。虽说是绍兴酒，来到正宗产地一看，有所谓"滩之生一本"②式的瓶装辣酒，跟上等日本酒一样，会醉人的。

"哎，日本人也表演一个节目，不能只是中国人演!"

不知谁提了这么一个动议。于是对面的角落里，几个人一齐唱起了《今宵不眠》③。原来是应邀参会的冢本君、菅原君等。令人惊异的是许多中国人跟着，一起吼起了这首歌。接着，欧阳予倩用优雅的女声唱了一段老本行京剧。在场者不由得停止喧闹，静心听戏。可接着日方又遭围攻，"《今宵不眠》是学生歌，得唱一首纯粹

---

① 指义太夫调，称义太夫节。由大阪的竹本义太夫始创于江户时代前期，为净琉璃（由三味线伴奏的说唱叙事曲艺）一个流派。
② 日本兵库县神户附近酿造的高纯度上等清酒。
③ 日本明治末年、大正初年校园歌曲，后流行于花柳界。歌名词义有不同说法，其中之一是"今宵"。

的日本歌!"于是冢本君哼起了一曲民谣。《新闻报》曰:"于是冢本助太郎君等再唱纯粹日歌,歌声袅袅,诚吾人未曾所闻。……"

"诸位,下面是谷崎先生的节目。"

这时,郭沫若君突然跳上椅子,拍拍手向大家宣告,我不知所措地将郭君从椅子上拉下来,可他又跳上去。满场爆发喝彩声。走投无路。田君解围道,表演不行的话做个演讲也行啊。我心一横站起身来,并请郭君做翻译。

"哎,很遗憾,我不会唱歌。所以,我来跟大家讲几句话。正如我们所见,今日中国新文化运动的展开如火如荼。为我一个邻国作家召开史无前例的大会,完全超出了我的想象,谨表示衷心的感谢。不仅如此,今晚纯洁的青年诸君会聚于此,无丝毫矫揉造作,充溢着真诚、自由的空气。我在青年时代,曾与当时的新进作家屡屡举行此般聚会,今晚令我触景生情地回想往事,感慨万分。虽这么说,我还绝不是所谓的老人(没等翻译便响起了笑声)。日本文坛,恐无人料想我会受到这般欢迎。回国后,这真是再好不过的礼物,想必我的同行会惊诧不已。在此不仅代表我个人,也代表日本文坛,向诸位表示深深的谢意。日本文坛也有诸多派系,不小心代表了人家,可能会挨揍,还是仅代表我自己表示感谢吧。"(笑声、拍手声、大声喝彩。)

我坐下后,翻译郭君还在站着讲话,便纳闷他在说什么。听说他表示:"我翻译得很拙劣,在座的既有明白日语的中国人,也有明白中文的日本人。敬请各位谅解。"于是,满场又爆发出了喝彩声。

过了一会儿,会场开始乱哄哄了,我离开座位开始到处转。隔壁房间那个漂亮的卜卦算命女士菱清正在算卦。"哪个？哪个？"以郭君为首，大家都一个个地挤向前，争着让她看手相。任矜苹君总算挡住了我，说电影《新人的家庭》上演了，让我次日去看。我好歹记着到此为止的事情，接下来的事恍恍惚惚仿佛在梦中。我被很多人抬着向空中抛起，然后我又抬起了什么人向空中抛起。我还紧紧搂住瘦高个儿的唐震球君，在桌子空当间旋舞。我还用英语、德语跟人乱七八糟搭话。这些我自己没有记忆，都是后来听说的。恍惚中只记得被抛空中时，腿脚糟糕地撞在了什么地方，好疼！我酩酊大醉。在郭君、菅原君、冢本君等搀扶下上了汽车。汽车的疾驶让我感觉不舒服，想要呕吐。半道上，顺路停在了一个什么地方——说是三菱公司宿舍。我搭着别人的肩膀，好不容易爬上楼梯，房间里烧着暖炉，胸内翻搅作呕。我走上晒台，月光下像是有网球场。我站立的身体摇摇晃晃，周围在打转儿。然后又乘上汽车，这下身边只有郭君陪着，把我送到了旅馆。一进房门，便大口呕吐起来。郭君把毛巾浸了凉水，敷在我额头上……

翌日凌晨，在床上睁开眼睛，仍是感觉晕眩。在洗澡间脱掉衣服一看，小腿前面皮肤擦伤，膝盖上有两个青紫的肿块。裤子下面有凝固的黑色血痕。十年来，不曾有如此严重的宿醉，我是全身心投入了消寒会。

（四）给田汉君的书信

田汉君：

我的《上海交游记》呶呶冗长。回想起来，贵国之游时过半年。回来后由田君来信获知，郭沫若君已离开上海受聘于广东大学。去了北京的欧阳君最近则返回了上海。还有，君与唐震球、唐越石诸君，合力创建了名为"南国电影剧社"的电影股份公司。虽远离贵国，亦能了解贵国文坛诸事动态，了解各位积极从事的事业。君提及因无人入股发愁。在日本等地，君等这般新进作家从事电影事业或组建公司乃破天荒不可思议的事情。所以没人策划这些，即便有，世上也无人理会。恕我冒昧，我觉得这是一件冒险的事业。不过四五天前君来信说：兼职电影公司方面的工作和学校方面的工作，忙不胜忙。莫非招股的工作有了切实的进展？（对了，闻唐越石君带着贵公司胶片来日本，未能谋面，十分遗憾。）又闻贵国有年轻的陆军大将及全权大使，那么青年文士筹建股份公司，或亦没必要大惊小怪。嗯，不管怎样加油吧。余无持股财力，只能在大海彼岸声援，默默祈祷成功。

言及欧阳予倩君，至今无以忘怀，大年三十晚上君带我去欧阳府上搅扰，并与他们全家欢度大年夜。现在想来，按照贵国的习惯，年三十应是家人团聚的日子。一家老小围着一家之长欧阳君，老母亲、夫人、弟弟、妹妹，弟媳刘氏、妹夫唐氏，还有可爱的孩子们，彻夜不眠迎新年。记得全家已穿上新衣，正准备辞旧迎新。全家人围坐餐桌旁，面前摆上了像似日本烩年糕汤①的鸭汤。我这个毫无缘故的外国人却没有眼色，尽管是君的邀约下，不合时宜地登门拜访，实在是太不礼貌了。欧阳君且不说，老母亲、夫人、妹妹等，全家人正沉浸在欢聚的喜悦中，我一个毫无干系的人闯

---

① 日本人过年时必吃的传统料理。

入，想必搅乱了他们的欢喜气氛。不过君在日本留学时，恐怕也记得吧，跨海来到一个陌生的土地，出乎意料加入欢聚一堂的人家并接受热情款待，会有发自内心深处的无比的喜悦。不仅如此，除夕夜一家人彻夜不眠，乃日本业已消失的、令人怀念的传统习俗。贵国却保留了这种风俗。在上海这样一个处处模仿西洋的都市里，竟保持了那样的风俗。看到这些，我回想起许多往事。记得自己幼年时，也是这样高高兴兴地祈盼新年，年三十一夜不合眼，熬到天明。那时的我正好与欧阳君家里看到的那些可爱的孩子年龄相仿。那些孩子身穿漂亮的衣裳，从麻将桌上搓麻将的祖母、爸爸、叔叔、婶婶背后观望，或家里跑进跑出噼里啪啦放鞭炮，或在旁边的屋里用百代公司制作的玩具摄影机玩拍摄，显得非常有趣的样子。在我模糊的记忆中，日本从前的年夜也没有这么热闹。童心纯真，只想尽快穿上漂亮衣服，但天明之前大人不给穿和礼服，而且那时也不可能有玩具摄影机。跟中国不同，日本没有叔叔、婶婶带孩子聚集过年的习惯，所以只有跟奶妈、家仆一起，让他们烤年糕，玩双六游戏以驱散困倦。顶多也就如此了。相比之下，那天晚上的孩子们真幸福。

此外，那天晚上家家门前烧纸钱，这种习惯日本当然是没有的。我想起了盂兰盆会的迎火仪式，十分怀念。不过迎火风俗在日本也渐趋消失。中国还有七夕时的乞巧节吗？那些受中国文化影响、每年举行的传统活动在日本看不到了，我觉得到贵国查查，一定会有许多适合写历史小说的素材。前面提到饮食，上海的小饭铺里竟有我们幼时吃惯的饭菜。那天的年夜饭更胜一筹，令我沉浸在儿时的回忆中。远渡中国，回想起三十多年前东京日本桥家中的父母面容，一间昏暗、泥灰抹墙的房屋浮现眼前。此乃何等因缘啊。欧阳君家里虽然没有日本桥家里的神龛和壁龛，但桌上摆着年糕，一对红蜡烛燃烧着，像是在供奉何方神仙。墙上挂着喜庆字句的挂轴，铜质火炉里的炭火闪烁。那天傍晚美餐，到半夜竟又摆出酒菜来。其间还不断地喝茶、吃点心、吃水果。那些食品都是从欧阳君老家湖南购置来，即便不是产自湖南的食品，也统统是湖南风味。在日本，乡下人到城里过年，也是按照自己家乡的风味烹饪烩年糕汤之类。那样的夜晚，一家中最年长者比平时更加尊贵，我若会中文，哪怕一句，便也能听懂欧阳母亲的亲切话语。我想对这位妈妈说："我回日本，也见不到父母。并且日本没有如此欢快的大年夜。很抱歉今晚在此叨扰，请允许远道而来的漂泊者喊您一声'妈妈'。"这位妈妈穿一件黑缎子、里子带毛皮的上衣。我想，我日本桥的母亲这会儿会穿黑色绉绸质地的和式礼服。眼前的妈妈比我记忆中日本桥的妈妈显老。但那移动麻将牌时粗糙、粗壮的手指以及头上盘着的小发髻，不管怎么说，她的姿态极其相称于养育了那么多子女、孙辈的妈妈形象。

还有遗憾，事后才听你说，那位妈妈书法很棒，尤其是细笔字佳。那晚为留纪念的集体留言，用照相版刊发在五月号的《女性》上。你也看到了吧？早知道的话，应该请那位妈妈写个扇面。另外欧阳的夫人——那位文静、年轻美貌的女诗人谦虚推辞，最终也没能赋诗一首。如果可能，请下次寄来二位挥毫。那个照相版的集体留言放了裱糊匠那儿。已是梅雨季节，裱糊需要半个多月。我时而回想唐琳君的五言律诗，并独自吟诵："寂寞空庭树，犹发旧时花。一夜东风起，吹落委黄沙。落花安足惜，枝叶已参差。人生不相见，处处是天涯。"这是那天晚上的诗，符合当时的情景，韵调在我听来易于欣赏。

对了，那天年夜饭桌旁怀旧的不仅是我，君亦一样。离开欧阳君家，你来到我住宿的旅馆，反复讲述了自己过世的夫人。你在湖南老家也有一位年迈老母，还有一个孩子——就像夫人留下的纪念品，跟老人生活在一起。你送给我的夫人相片，连同你写的感怀，将以照相版发表。我试着将你的感想改成了标注日文假名的文章，有些地方的简化字我看不懂，所以不懂的地方跳着翻译。倘有译错，敬请谅解。

　　民国乙丑年除夕，跟谷崎先生谈及亡妻易漱瑜女士，并觉百感交集。余妻殁后方一周年，余海上滞居，是夜在老友欧阳予倩氏家中吃年夜饭，见其家人相聚融融洩洩①状，勾起谷崎先生大怀乡情。余尤感非常寂寞，盖仅 Melancholia 虚空故也。袋中偶携漱瑜照片，因赠予谷崎先生，以作纪念，并示②其深厚同情。

如此，君完全孤身一人，加之学校年末假期，对我来说便是绝好机会。你既无恋人又无家庭，每天访我住处，带我四处去玩。没有你，首先，我没机会参加消寒会，也无望结识诸多贵国朋友。我却带你这纯真的青年去了"新六三""新月"和舞场，教给你歪门邪道。委实抱歉。在"新六三"，田君窘迫于袜子有洞，今后一定别去那样的地方，当然你是不会再去了，什么café du Paiai 啦、

---

① 原文此处约缺四字。
② 原文此处缺一字。

Alcazar 啦等等……

此外，我的第二亲密者唐震球君怎么样？请代我向他及他的夫人问好。正月里跟你一起去陈抱一君处领养的两条广东狗都平安无事地带回日本，结果其中一条被人偷走，那条全黑的雌狗长大了，还很健壮。请转告陈君夫妇。远在日本，我能想象他们那座位于江湾的大宅邸，春天一定很漂亮。

临结束提一笔，下期《改造》中国号，你的《获虎之夜》来不及，真为你感到遗憾。我看了《午饭之前》原稿，为君的日语精通震惊，但内容有些稚气。《获虎之夜》的语言有些难懂，但同文书院的学生表演，恐怕会反响不错。今后田君是事业家、教授、作家，定异常繁忙。再去上海，恐也无法像上次那样带我四下周游。

祈望君的奋斗成功！此书信乃《交游记》收笔。

那么，田汉君，再见。

大正丙寅①六月三十日夜

（《女性》大正十五年五月号～六月号、八月号）

---

① 即公历 1926 年。

话昨论今

　　那是三月去东京时，有天晚上，应《中央公论》嶋中氏邀请，去了莺谷①的一家日本酒家。听说当晚，难得永井荷风氏也参加，他是主宾，来客仅我一人。邀请方是嶋中氏和松下氏。我很久没见荷风氏，期待与之相见。时间定在当天下午五点，我算好途中办事的时间，两点来钟便离开了旅馆。近期交通不便，有限时间要办的事，必须尽量安排在同一天集中在同一个方向。还得留出充分的时间，万一叫不上出租就麻烦了。打算赴莺谷前先去日暮里渡边町②，为近期过世的吉田白岭氏③敬香，然后顺访居于同街的长野草风氏④。两点半出门早了点儿，但渡边町至省线的日暮里车站须步行，且有相当的距离。这么想着便早早地出了门。那天一出门便上了出租车。在吉田氏府上，敬香用了二十来分钟。草风氏不在家，返回乘上出租车，径直来到了莺谷。这样省了很多时间，不到四点就到了会场。时间没有计算好，幸好这酒家跟我也有交情，让我在此慢悠悠地打发时间。为缓解旅途疲劳（事实上来东京感到非常疲倦），拿过晚报什么的随便浏览。一到约定的时间，首先露面的不是邀请方两位，而是荷风氏。他一看见我，用深沉的嗓音

131

"喔"了一声，穿过套间走进来。三四年前，不，可能是更久以前，我等与已故左团次⑤做过三人座谈会，比较当时，他没有丝毫变化。岂止没变，甚至稍显年轻呢。我略感惊讶。他比我年长不到十岁，几年前就过了花甲之年，六十来岁的老头子了。但根本看不出这把年纪，只见他目光炯炯有神，精神焕发，尤其是未曾有的红晕挂在脸上，抑或是当日天气晴朗，院子明亮，光线折射的缘故。荷风氏三十来岁时，我们就相识。记得当时绝非面色红润，而总是脸色苍白，身边带着胃痛药（我这么认为）。因此，我总以为他是体弱多病的人。他自己也在鸥外先生的葬礼上说：以为先生一定会比自己命长，似乎对自己的健康并无信心。自从明治末年第一届"潘之会"⑥以来，时隔几年偶尔相见，记忆中首先感觉，从没见过他那样外貌不显老、少有变化的老人。尤其是他黑黑的乌发和协调的瘦高身材，始终没有变化，也许这两点是使其看上去总显年轻的主因。我想起西洋的谚语：胃不好人长寿。壮年时期常携药品，正是因为胃不好。还有，他一直是真正的独居，连女佣都不雇，似乎完全是孤身一人度日。一般男人鳏夫般度日，会有中年男人特有的不堪污秽，他则不可思议地完全相反。在随意使用煤气、电热的时代，单身生活或许并无不便，但最近饮食、取暖、入浴也挺费事，想象一下都会感觉格外的冷清和寂寞。但那样的生活对他竟没有丝

---

① 地处东京台东区。
② 地处东京荒川区。
③ 吉田白岭（1872—1942），日本雕刻家。
④ 长野草风（1885—1949），日本画家。
⑤ 指第二代市川左团次（1880—1940），日本歌舞伎演员，本名高桥荣次郎。
⑥ 日本当时文艺活动据点，座谈会形式。会名使用的"潘"，取自希腊神话中的牧羊神。

毫影响，他反倒愈发健康起来。此乃他文学热情、思想活动仍极其旺盛的佐证。实乃可喜可庆之事。

○

　　话说眼前，他从套间走进宴会室，上身穿了件深蓝色的西装和西装背心，下身是蓝灰色的法兰绒裤子，脚上穿着白色的日式布袜。事先申明，他绝不会以奇装异服讨喜他人。壮年时栖于浅草，常在途中见其和服上扎着围裙去学茶道或清元曲。以后一般穿西服。并无装模作样、赶时髦的劲头，当然也没有粗俗鄙陋，自然而不张扬。就我所知，那种质地高档的深蓝色西装适合于老年人，穿在他身上却也显得修饰极好。记得一次座谈会上听他说，和服很符合自己最近的嗜好，但鳏夫般度日无法穿和服，太费事了。裤子似与从前不同，但那深蓝色的西装我有记忆，显然还是从前那件。只是穿布袜一项，不会很繁琐吗？现今多穿鞋袜，得常常修补，这对鳏夫般生活的人不可想象。特别读了《濹东绮谭》，了解到他有时也会乔装打扮，但现时的装束恐怕不会是出于那样的动机。据我观察，他的这身打扮，对他这样独身生活的人来说是最省事的。那些每天要去银行、公司上班的工薪族我不知道，但像他这样处境的人，没有必要那么麻烦地考虑西装、鞋子的款式。我左思右想难有答案，最后归结到这一点。哎，就在我心里这么暗忖的过程中，他好像早已超越了那般问题从容就坐，并立即展开了话题。和式客厅隔着桌子相对而坐，不会觉得有什么别扭。看上去，他潇洒地穿西装扎领带，还是从前那个讲究仪容的荷风氏（脚上的白布袜也没有丁点污垢）。迟到了约莫二十来分钟的嶋中氏和松下氏一定没注意他的脚下。我在说话之间，也不知不觉忘记了这茬事。莺谷这个酒家从前兼营旅馆，明治时期生意兴隆，男女幽会或吉原通宵冶游的男女也会来此。他像是也记得彼时的情景，拉着到门口来迎接客人的女掌柜，跟她讲了这样那样女掌柜少女时代的事情——从前酒家院门到房屋门口的路上种满了胡枝子啦，入谷的牵牛花①啦，山谷漆器木饭盒鳗鱼餐馆②啦，等等，他总是喋喋不休地对女掌柜述说记忆中当时下谷浅草界隈③情景。那晚，他精神饱满得令人惊诧，跟我们说了很多，饭后上了点心、水果，他仍在不知疲倦地讲述。他的话很有意思，时间越晚他说得越是起劲儿。但时间太晚了对酒家不好，不得已我们催促他起身回返。回去时，我迟一步来到房门口，只见他已站在了放鞋的石板上，仿佛意犹未尽，正跟送客的女掌柜、女店员兴致勃勃地说话。我眼花，加上远视斜视，最近视力更差，换鞋的地方光线暗，盯着看别人脚下太失礼，所以没能看清楚，只觉着那时他穿着白布袜的脚上踩着的像是草履。要么就是带有草面儿、磨损不大的木屐。令我钦佩、奇怪的是，那身西装下穿着和式白布袜，又踩着木屐（或草履），那样的装束却并未让人感到别扭。起初我在客厅里想，这样的装束在外面走动，样子一定会很古怪。可现在看他穿着木屐站在那里，却觉着非常合适，跟西装也十分谐调，比刚才只穿布袜还要自然。而且他本人泰然自若，既不发怵也无做作，跟女掌柜谈笑风生。我佩服得五体投地。一个人

---

① 东京台东区下谷、入谷鬼子母神（真源寺）一带，始自江户时代末期的牵牛花早市很有名。
② 明治时期东京一流的鳗鱼餐馆位于东京台东区浅草。
③ 东京台东区地名。

身着这般装束，怎么可能消除人们的别扭、厌弃感？若无彻底的修行是不可能的。以前一高①念书时，在上野遇见大町桂月②老人自观月桥漫步，身穿一件已褪色的久留米③藏蓝色白点花纹上衣，穿鞋，套一条小仓④和服裙裤。当时我倾倒于他飘逸超脱、风采非凡的身姿。荷风氏跟当年桂月老人那神仙般的容姿不同。作为《竞艳》《梅雨前后》的作者，如今也是六十岁的老人，但既有男性魅力，也有足够的青春朝气，身着此般装束，成为这种酒家的常客，本身便是无法模仿的绝技。因此无论是谁，看着都会感觉妥帖了不起。人若像荷风氏这样成熟、老练，衣物嘛无论穿什么，恐怕都是自然合适的。我曾听大阪人说，有一年的夏天，在一家百货店里遇见中村雁治郎，那时他在上等麻布质地的上衣外套了件横条花纹的茶色礼服，大概是替代丝绸和服外褂。考虑故人的地位和职业内容，理当穿戴得无懈可击。可他那身不像演员、许多部分都不着调的装束，反倒使人看着更觉高雅、熨帖、深沉。是啊，令人感慨！到雁治郎那份儿上，穿什么都合适啊。总的说来，男人关注服饰没出息。所以，这些原本无所谓，但若到了不下功夫、不事雕琢，平素穿戴也能自然体现其人品格的境地，便是理想的化境了。总之，我感觉自己发现了迄今未曾意识的荷风氏一面，内心充满对其高尚境界的仰慕。祝福他健康。

---

① 旧制官立高等学校，东京大学教养学部前身。
② 大町桂月（1869—1925），日本诗人、散文家、评论家。
③ 日本福冈县久留米市特产，被称为日本三大花布之一。
④ 始于日本江户时代的小仓织，以质地优良、竖纹、结实为特点，日本福冈县北九州市特产。

○

竹径虚凉日影移，

残红已化护花泥。

鹦哥偶学啼鹃语，

唤起钗莺压鬓低。

　　每年值此诗文描写的季节，我便从自己不多的字幅中拿出这个
挂轴挂在墙上，且每次想起赠我此诗的中国旧友。诗轴空白处落款
为"乙丑除夕应谷崎润一郎先生之愿书"。大正末年我二访上海，
旧历大年三十夜受邀登欧阳予倩氏府，诗轴便是当时主人欧阳予倩
书赠。说到欧阳予倩，青年时期曾就读于早稻田大学文科，回国后
在中国领导新剧运动，同时亲自登上舞台。就我所知，恰如身兼二
职，担当了小山内薰和上山草人二人之事业。总之，不用说是中国
的名士，在我国亦当早有人知。我曾观看他表演中国传统的剑术造
型，他有中国传统戏剧的武生基本功，还扮演花旦。欧阳予倩肤色
白净、面目端正，颇具演员的气质。除夕夜邀我贸然前往的是剧作
家田汉氏。当时田妻刚过世，又无特别要做的事情，似每日过着放
浪无羁的生活。他说给您看看中国家庭的年三十。我觉着太不礼
貌，有些犹豫，他不管不顾硬拉我去了。关于那晚的情形，我曾详
细记述在《上海交游记》一文中，在此不赘述。不过自那以后——
尽管现在亚洲大陆卷起了战争风云，每年初夏到来，我都凝视着墙
上的字幅感慨万千。彼时的欧阳氏、田汉氏在何处？正从事什么事

业？那天听田汉氏说，欧阳君的夫人是诗人，字也漂亮，便想请她一定给写一幅。遗憾的是夫人不懂日语，我的热情期望未能传达给她，她笑着辞退了。不过，她的态度当时……反倒使我觉着夫人有种古典东方妇女具有的沉稳感。时至今日却想，当时真应该死乞白赖地请她书写一幅，现在正好作为纪念。另外还有一幅诗轴，跟欧阳氏的一同裱装保存：

寂寞空庭树，犹发旧时花。
一夜东风起，吹落委黄沙。
落花安足惜，枝叶已参差。
人生不相见，处处是天涯。

写给我这首诗的是那天晚上亦在场的名叫唐琳的青年文人。听内山完造氏说，此人后来转入实业界，那以后与我再也没有音信往来。欧阳氏也好唐琳氏也罢，代表中国新兴艺术家、文学家的赋诗多为白话自由诗，而我们日本人用作教材的是《唐诗选》，因此他们送我日本人也能读懂的古典诗。我多少有些意外。赠我此等古典诗，不用说我很高兴。欧阳氏的诗是旧作，那是明确的。但唐琳氏如何呢？写给偶然相遇的外国客人，首先须合适，那会否也是旧作呢？哎，无所谓了，反正像是将人的命运比作院前花朵盛衰的五言律诗，出乎意料的是，仿佛也暗示了一个结局——从那以后我们将于东亚天各一方，甚至连往来的交通工具都将失去。我时常独自吟诵，甚至背诵了这首诗的后两句："人生不相见，处处是天涯。"我的思绪飞到了那夜故知的身边。

○

　　将这些中国作家、演员介绍给我的是内山完造氏。我头一次中国游是在第一次世界大战宣告结束的那年，即大正七年。那时日本的近代文学似乎还不为中国文坛知晓，那次直到回国也没能有机会与有关方面的人物会晤交谈。然而时隔七八年第二次去上海，已是有武者小路氏、菊池宽氏翻译作品的时代了。内山氏一天晚上，特意为我在内山书店二楼设宴召开了在沪文艺家"见面会"。当时的到会者中，后来最为出名的是郭沫若氏，不过与我关系最为亲密的首先要数田汉氏，其次便是欧阳予倩氏。田氏是湖南人，风貌酷似日本人，模样有些像佐藤春夫，不像中国人。如前所述，他当时单身，处于随便无羁的状态，好像也没有什么特别的工作要做，因此常到我这儿打发空闲时间。不是他拉我便是我邀他外出，一定如此。我到上海他处于那样的状态，对我来说非常幸运。因为大约一个来月的逗留期间，幸亏他一直跟我一起行动，就好像是我雇了一个不仅能干还很放心的翻译兼向导。当时我住宿的旅馆不知还在否？那是中国人经营的名叫"一品香"的旅馆。他掌握好我睡懒觉的习惯，总是在我起床时到来。有时从明亮的下午开始，有时则自黄昏开始，我们一起去附近的欢乐街，听音乐观看演剧、欣赏美人。那种时候，有他做详尽的解说，不知为我的理解帮了多大的忙。最后他还满不在乎地陪我去买些不足挂齿的东西。无论去哪儿他都陪着，从不厌倦，卖力为我做翻译。反正他是单身，我也不客气地拉着他到处转。我们有时在深更半夜的上海街头转悠，有时在一品香我的旅馆里通宵饮酒畅谈文学。一个月的时间里每天见面，从无厌倦。说来，我也的确靠他纾解了多半旅愁，他或也因我这流浪汉的出现，分散了孤守空屋的诸般寂寞。当时的他妻子过世，精神上受到极大打击，动辄流露对于妻子的思念之情。那时，我总是心甘情愿做他的听众。在给《女性》杂志投稿的《上海交游记》中，我记述了事情原委，还刊载了当时他送我的亡妻照片。据我观察，当时的他不仅家庭生活孤寂，经济状况也处在困窘之中。他多次询问日本作家的稿酬、版税、每月的收入等等，听到答复后他长叹一口气，慨叹中国社会对本国文艺家的冷酷，并表示非常羡慕日本的作家。郭沫若氏也曾言及，与日本相比，中国的文坛还处于令人羞涩的状态。不过我也听人说过，日本作家的社会地位跟欧美国家比较，实在是很可怜。这只能说是比上不足比下有余吧。这些都是十六七年前的事了，后来的中国或亦有了发展。总之当时处于那般状况，出版书肆及杂志社好像并不常来约稿。因此当时的他总有空闲时间，仿佛不跑到我住宿的旅馆来，便无法打发时间。就这样，我回日本以后，跟他也不断有书信往来。过了一两年，他通知我说，隔时已久，拟出访日本，近日靠岸神户，拜托。那天我到码头上迎接，只见他带着一个朋友从三等舱里突然冒了出来。那位朋友说是姓雷，完全不懂日语，为什么田氏会带他来？雷氏又为何跟来？我一直没弄明白。那时我住在阪急沿线的冈本①。记得先带二人自家留宿，并带他们参观了京都、大阪等地，还领他们去文乐座②

①大阪与神户间铁道沿线的一个车站，属于高级住宅区地段。
②上演木偶净琉璃的剧院。木偶净琉璃，日本传统舞台表演艺术，以三味线伴奏、吟唱形式的木偶戏，又称人形净琉璃。

观剧。后来，田氏陪雷氏去了东京，在东京逗留了一些日子后，回国前又来我家住了两三天。那时他告诉我，他去了留学时寄居的宿舍，当时的阿姨还健在并记得自己，对当年充满了怀念之情。还说他们一起谈起了往事，自己激动地哭了，阿姨也掉了眼泪。然后又谈到，承蒙菊池宽氏好意，给《文艺春秋》撰写了稿件，意外得到了很多稿酬。就这样，他兴奋地谈了很多。佐藤春夫描写的田氏在日比谷①的山水楼跟辜鸿铭见面谈话，我想大概是那次他们在东京逗留期间的事。自称清朝遗臣的辜老人家，好像晚年也梳辫子，偶然与身着西装的田氏相遇，大概出于讽刺的想法，他边用英语说 my necktie②，边甩起自己的发辫给诸位看。那是佐藤的什么会，他跟田氏一同去了山水楼，记述了老式中国文人与年轻中国文人在日本意外的初次相见以及用英语片刻交谈的场面。

○

　　田氏刊于《文艺春秋》的文稿写了什么，我现在不记得了。田氏回国后不久，《改造》杂志编"中国号"，在创作栏目发表中国现代作家的作品时，田氏有一篇关于戏曲的稿件。他将日语撰写的文章寄到我这儿，我修改后口授，请当时《改造》杂志的记者滨田浩氏笔录下来，文章的标题我想不起来了。大概是田氏由上海辗转南京前后，他好像开始参与南京国民政府资助的电影事业。我听到这个消息，暗自为他高兴。也许他终于可从长期的贫

---

① 位于东京千代田区。
② 英文，我的领带。

困状态中解脱出来，过上有余裕的生活。但事实似乎并非如此。当时，说是想从日本雇摄影师、导演等，所以多次请我为其周旋。他来信说：公司的资金紧张，不可能预先付款，姑且派到南京，以后的事总有办法解决，十分抱歉的是，旅费及准备金亦请谷崎先生暂且垫付。不是有政府资助吗？我搞不懂，不知该怎么回答，犹豫不决。他便一而再再而三地央求说："请一定帮忙。""无论如何请帮帮忙。"其实，我这边已经有了合适的人选，对方也表示不必担心旅费。但那种情况下，我无法保证到中国以后的生活，所以很遗憾，我当时只好直截了当地拒绝了。那样含糊不清的条件，我是无法帮忙的，因为不知那边到底是怎么一回事。在那样的情况下，我的顾虑是：田氏自己都难说有足够的月薪。自那以后便断绝了音信，可又过了两三年，我住在阪神沿线的鱼崎町时，突然又收到他的来信。我现在记不清他信上的字面内容了，大致记得的是：被政府盯上有人身危险，想要亡命日本，希望暂时寄居我家。从前郭沫若氏逃亡日本，猜想是因遭到蒋介石追捕。但田氏为什么会被政府盯上了呢？在上海初识之时，没觉着他有什么征兆，莫非之后左倾了？那封信中是否对此做了解释，到底有没有使用"人身危险"一词等等，全已忘记。总之想要住在我这里，这一点是肯定的。但当时我家已完全不是他上次来逗留时住在冈本的状况了，不巧的是我也感到经济困难，无法长期留客在家。我将情况解释给他，请他断念。结果，最终他好像不来日本了。我两次拒绝了他的请求，深感歉疚，自那以后，一直为其安否担忧。就在我期待着还有重逢机会时，战争爆发了。

○

　　有关欧阳予倩氏，最难忘怀的是他赠我雌雄两条广东狗（其实后面会提及，赠狗的不是欧阳氏而是陈抱一氏）。遗憾的是，现在无论如何回忆不出，他是为何送我两条狗？我是回日本后还是在上海的时候得此馈赠？我去上海时顺道①走访了永见德太郎氏，见他养着一条广东狗，我也想要。到上海后曾四处托人寻找，没找到。毕竟，广东狗作为看门狗是最理想的，却特别难于适应异乡水土，所以上海未必会有。无论如何想要，就得去广东。很多人表示，带回日本十有八九也难以饲养。可我在永见家看到的广东狗（也许是长崎气候温暖），看上去已是有把年龄的老狗，于是心想：未必如他人所言不能饲养。那么此事怎会让欧阳氏知道了呢？我自己告诉他的吗？还是他间接从别人那儿听说的？这一点也不清楚，反正是他在心里惦记着，顺道广东时特意给我弄来了。不用说是纯广东种，全身覆黑色卷毛，出生两三个月的一对小狗。无论当时还是今天，阪神一带从未见过同样种类。说来话长，君知晓我有多么喜欢这两条狗崽么？堪谓依依不舍。它们具有若干令人疼爱的特点。我头一次饲养广东狗，名不虚传，我为它们的聪明、忠实深深感动。或因我小心过度的饲养方式，或因水土不服，约莫一年后，可惜啊！两条狗崽都染上传染病死了。（永见氏的广东狗也在他搬到东京后死了。可能是寿终正寝，那也算是悲哀的事，不过那是永见氏

---

① 指取道长崎。1923 年长崎与上海实现海上通航，成为中日之间最短航线，1926 年作者即乘此航线到达上海。

的事了。）还有，欧阳氏来日本，是在那两条狗都死去以后，大概是那年十二月，记得带他去京都看颜见世①时，看了已故梅幸②扮演的茨木。那天晚上游祇园，入住下河原旅馆。第二天他想看京都电影制作所，我们又去了下加茂③和牧野④的两个电影制作所。在下加茂跟古装剧演员长二郎（长谷川一夫）⑤等留影纪念。在牧野，年迈的牧野省三正好在拍摄伊井蓉峰⑥演的《忠臣藏》⑦，我很久没见到牧野省三了，见其甚为憔悴，心生悲哀。不久，省三氏亡故。欧阳氏也跟日本演员相像，白皙的面庞上架着一副眼镜，他没有田汉氏的那种神经质，落落大方，带有长者风度，具有剧团栋梁的威严。他往返东京也顺道住在我位于冈本的家中。回国时他说："回去后您想要什么？我寄给您。请告诉我您想要的东西。"我回答说："若有陈年上等绍兴酒，拜托。"之前赠我的广东狗崽是良犬，后来获赠的两瓶绍兴酒亦属上乘，这些都有人为证。我将其中的一瓶赠给了住在奈良的志贺氏⑧，听说在奈良的一次什么聚会时喝了，志贺氏跟九里氏⑨都高兴地称赞好酒。不知两位先生是否还记得？后

---

① 日本歌舞伎演员年度首次公演，被视为一年里歌舞伎最重要、最盛大的演出。江户时期，歌舞伎登场演员通常十一月到翌年十月签约一年，每年十一月由新签约的演员向观众首次披露表演剧目。
② 第六代尾上梅幸（1870—1936），日本歌舞伎花旦演员。
③ 松竹电影公司摄影场。
④ 指被誉为日本电影之父的导演牧野省三（1878—1929）创立的电影公司。
⑤ 长谷川一夫（1908—1984），日本电影演员，1927年进入松竹电影公司，用艺名林长二郎；1937年底在准备离开松竹转入东宝电影公司前夕遭袭砍伤脸颊，伤愈后放弃艺名，以本名长谷川一夫进入东宝电影公司。
⑥ 伊井蓉峰（1871—1932），日本演员。
⑦ 日本人形净琉璃和歌舞伎传统剧目，取材自1701—1703年赤穗四十七浪人事件，1748年首次在大阪公演，后来多次被搬上银幕。
⑧ 志贺直哉（1883—1971），日本小说家。
⑨ 九里四郎（1886—1953），日本画家。

欧阳氏从上海移居广东，又不断寄给我像是他在当地经营的演剧杂志，几乎一直持续寄送到战争爆发前。估计战争爆发后，那个杂志便废刊了。听人说上海会战正酣，他又重返上海，通过戏剧运动投身于抗日活动中。南京失守后，他去了哪里？在干些什么？杳无音讯，不得而知。

○

后来，北京大学的陈君持田汉氏介绍信来访，我又带他看了京都、大阪。这些对于读者来说十分乏味的私人交往——旧事回忆，连篇累牍地絮叨并非目的。我要说的是每当我想起这些大概正奔波于重庆政权下的人时，明知来自敌国，却仍会不由自主地抱有一种怀念的心情，或许他们的想法与我不同。曾经在上海，内山完造氏设宴后，中国人为我举行了盛大的欢迎宴会，聚集到会的众多人士中小说家、演员、音乐家自不必说，连旧时毕业于日本士官学校的老军人也来参会。那时的盛况使身处异乡的我感激万分。其实在当时（大正十五年，即昭和元年），日中之间的关系并非处于一般的友好状态。那时也时常听到排斥日货的呼声，而且，或许所谓的抗日教育已从那时开始，被当局在暗地里推行着。尽管那样，欢迎会充满了和睦气氛。若是外交家、实业家的聚会，或会寒暄、客套一番，双方都会虚情假意地吹捧溜须装腔作势。当时的与会者多为年轻的艺术家，便完全没有那般做派。主客双方天真烂漫，且吃、且饮、且叙、且欢。当时我们的欢聚堪谓纯真无邪。看了下面的描述，读者便会明白。欢迎会末了，大家将我抬起抛向空中，或贴脸或拥抱或硬拉着我一起跳舞。欢乐中忘乎所以，以至于酩酊大醉，在郭沫若氏的搀扶下回到了旅馆，一进屋便丑态毕露。这些往事回想起来，难为情得直冒冷汗。但另一方面，我却期望能够再次遇到那种亲善的场面。一想到现在即便去上海，那时的主要人物也几乎见不到了，不由得生出寂寥之情。现在说来无用，至少当时日中双方文坛上的人士频繁交往，相互大量翻译、介绍对方的作品，某种程度上或许促进了两国国民的全面相融或谅解，进而多少起到防止不幸事端发生的作用。两国政治上的冲突、经济上的矛盾以及一般民众的排斥日货，都与我们文学艺术家无关。我们自然而然地友善相待。然而较之东洋兄弟国家的文学，日中双方皆对西洋文学更加重视，所以在介绍和翻译方面，优先选定的却是相对遥远的国家。这也许不能说是我们的过失。西洋确实先进于我们，确为我们提供了许多值得学习的东西。但是实话实说，西洋文学中亦有我们无论如何都理解不了的东西。我最近读了一些跟自己年龄相仿的中国现代作家的作品，不管怎么说，邻国的文学作品自古以来熟悉，读起来亲切、易懂，真觉得会为自己吸收掌握。我感到不可思议，这类作品为何不早点儿翻译过来。不仅是作品，人也一样。我与西洋文人未曾有过交往，即便交往，肤色不同也会在各个方面种下祸根，无法期待和睦相处。从这一点来讲，邻国人的生活情况、考虑问题的方式大体跟我们一样，因此容易沟通。我所相识的中国人，各自持有各自的思想倾向，但我觉得，跟他们皆可亲密交往，因为我们虽然彼此有着种种的不同，却是同一血脉的兄弟姐妹。我坚信我们仅仅是目前迫不得已断了来往，将来定会恢复原有的亲密无间。

○

我不清楚欧阳氏是否安然无恙。但郭沫若氏和田汉氏的情况并
非全然不知。尤其郭氏现在非常出名，想必政府方面的人比我更加
了解。如前所述，我醉酒时承蒙他照顾了我，但那以后没有什么交
往。现在想来，他待人亲切、和蔼、稳重大方，那样的人成为今日
政党的一方首领，有些不可思议。表面上丝毫看不出尖锐激烈，不
知何处蕴含着魅力，的确像是干大事的人。我从内山氏那儿听到关
于郭氏的若干说法，便一直从旁留意观察。郭氏最初是个诗人，现
成为干将斗士，又说他原本为九州医大医学士，夫人是他留学时在
医院做护士的日本女性。自他参加内山书店楼上聚会时起，就时有
"被政府盯上""看到通缉令"的传闻。尽管如此，他却冷静地、毫
不介意地外出，就像完全没有那回事儿，到底是中国式气概啊。只
是后来危险加剧，才逃到了日本，那是哪年的事来着？那之前听说
其夫人因病大概是住进九州医大附属医院，痊愈后正要返回中国，
记得我曾托人将一本《食蓼之虫》初版单行本带给夫人，嘱其转予
丈夫。当时没有直接见到夫人。他们一家来日本时，彼此的立场已
相去甚远，所以最终没去看望他们也无通音信。然而间接地听说，
他借住千叶县，日本政府是以不涉及政治运动为条件才允许其滞留
日本的，实际上他也暂且远离政治，专心于学术著述云云。还听说
战争爆发后，他留下了一首七言律诗，表明为国难殉身的决心后离
开了日本。正如那首诗所表达的，临走时他与日本的夫人做了了
断，且将孩子们托付给夫人后离去。之后，他自己撰文登在了日本

的杂志上，我从那份杂志上得知，他当时趁妻儿熟睡悄悄离开了家门，乔装后跑到横滨上船，回国后当时的国民政府容纳了他，并与蒋介石面晤和解。离别时，为妻儿准备好日本出版著书版税，并将后事托付给了日本朋友。我是从被托付者那儿听说的。有关田汉氏的情况，我知道得没多么详细。听说在武汉陷落那会儿，他是在南京政府宣传机构工作，后来隐居湖南老家慨叹世道不佳。诸说纷纭。但最近《中央公论》刊载了某政治避难者揭露的重庆，由此获知他还是在重庆从事抗日电影的制作。我想这一定是事实。但事到如今，我也不信他们俩会憎恨日本人，因为这两位是最了解日本人优点的。由小道消息获知，郭氏迎娶了新的中国夫人。但我相信，他绝不会轻易忘掉离别的前夫人及其身边养育的孩子们。国家之间，个人之间，都处于不寻常的绝交状态，我不相信会永远持续。落花安足惜，枝叶已参差；人生不相见，处处是天涯。多想尽快到达那样一个彼岸啊。

○

写到与中国知名人士的交往，顺便记述一些自己有关中国现代作家著作的感想。不过我的阅读量有限。仅靠我贫弱的汉学能力阅读中国现代白话文章是不可能的，必须仰赖日译文本。前面也提到，迄今有大量的欧美作品的翻译，中国现代作品的翻译则寥寥无几。言及《改造》杂志发行的"中国号"，介绍了中国的创作状况，但那也不过是一时的尝试，也许那样的计划为时尚早。鲁迅的《阿Q正传》是何时翻译成日文的？那算是快的。其实如大家所知，据说那部作品是因罗曼·罗兰读了法文版后举荐，才引起我们的注意。最近忽然闻名世界的林语堂等，也只有面向英文读者的英文版。如果那是面向中国内地读者的作品，一定不会像现在这么闻名。我们也许阅读过赛珍珠的作品，却忽略了林语堂的存在。最近发生的情状变化使大家渐渐明白，我们东洋同胞应直接握手言和，无须欧美人中介。为应和这种愿望开始一点点出现翻译书籍，至少在近代文学方面，远未达到相互理解、相互影响的境界。人们还是相信欧美人阅读、赞赏的作品，这种倾向至今未能摆脱。今日读书层大多数之小说阅读爱好者，夫人、小姐们，同样一听是法国作品便趋之若鹜，而对中国的现代作品却表现出相当的冷漠态度来。与其说起因于有趣没趣，莫如说根本的原因是迄今为止少有接触。总而言之，我们，尤其是文学方面的人士，应该更多地持有好奇心去了解中国的现代文学，了解中国现代的一般读者在阅读怎样的作品。作为下文的前言述说至此。现在我的桌子上摆放着胡适、丰子恺、周作人、林语堂等人的作品，姑且拿来一读。

○

我与胡适素不相识。据其自传《四十自述》（吉川幸次郎氏翻译，创元社发行，创元中国丛书中的一册）记述，他"生在光绪十七年十一月十七日（一八九一年十二月十七）"，只比我小五岁，今年五十二岁，乃同一时代人，且与我认识的郭沫若氏为旧友关系（同书自序第六页），在其所谓堕落的年代，与我所熟识的欧阳予倩氏曾为一同排练戏剧的伙伴（同书第一六八页），因此并不觉着陌生。胡与周作人氏，原本就是中国文学界最早为日本所知的人物，何况今日作为重庆政府的大使进驻华盛顿，在此意义上我想此人的著作更加值得关注。（顺便一提，据说以前的重庆政府驻德大使、现被派往印度的陈介氏，是我一高时代的同窗，不知是否还记得我。虽是一般的同学，我们之间却有书信来往，他还来我处拜访，一度关系密切。记得我最受不了的就是他的大蒜臭。）据报上消息，在华盛顿掌权的宋子文竟插手大使的工作，与胡适不合脾气。想来胡适乃纯粹学者，作为外交官——太平世道姑且不论，像现在这样的战乱时期，作为一国之代表遣派往美国那么重要的国家，或许不太合适。夫子本人及其友人似乎很快认识到这一点，在《四十自述》中有段文章记述道："中国公学的教职员和同学之中，有不少的革命党人。（中略）但我在公学三年多，始终没有人强迫我剪辫，也没有人劝我加入同盟会。直到二十年后，但懋辛先生才告诉我，当时校里的同盟会员曾商量过，大家都认为我将来可以做学问，他们要爱护我，所以不劝我参加革命的事。"还有"小时不曾养成活泼游戏的习惯，无论在什么地方，我总是文绉绉的"。又因乳名"嗣穈"，便有了"穈先生"的诨名。"大人们鼓励我装先生样子，我也没有嬉戏的能力和习惯，又因为我确是喜欢看书，所以我一生可算是不曾享过儿童游戏的生活。"我"总是坐在小树下看小说"。但当孩子们聚集一处过家家做戏时，我也会加入，可"我做的往往是诸葛亮、刘备一类的文角儿"。相片上看去，宋子文胖胖的，显得鲁莽，而胡氏则长着一副秀才型的娃娃脸，想必幼时便是一个美少年，面容温和，却无歹意。具有这种人品的人在重要的时刻派往重要的国家，可见重庆政府人才缺乏。他还曾在美国哥伦比亚大学就读，尤其那般英俊，多半受到美国社交界的欢迎，或许正因如此才受到政府的器重。序文中还说：自己当初打算以小说的形式书写自传，但仅有第一篇父母的婚姻部分用了小说形式，"写到了自己的幼年生活，就不知不觉地抛弃了小说的体裁，回到了谨严的历史叙述的老路上去了"。"我究竟是一个受史学训练深于文学训练的人……"这种说法抑或有自知之明。虽然如此，在作者以小说形式书写的开头第一篇——题名《母亲婚约》的部分，大约有二十八页的篇幅，却是全文中最令人感动的部分，表明其作为作家天分不错。

○

我读了这个开头部分，感受很深的首先是女主人公（作者母亲）冯顺弟绝非西洋小说中会有的人物，完全是东洋妇女的典型。"她心里这样想：这是她帮她父母的机会到了。做填房可以多接聘金。前妻儿女多，又是做官人家，聘金财礼总应该更好看点。她将来总还可以帮她父母的忙。她父亲一生梦想的新屋总可以成功。……三先生是个好人，人人都敬重他，只有开赌场烟场馆的人怕他恨他。……"在此动机下，完全牺牲自己，她十七岁年纪轻轻去给四十七岁的三先生（作者父亲）做偏房。其父金灶（姥爷）少年时遇"长毛贼之乱"，一家人悉数被杀，留他一条性命，脸上被刺"太平天国"四字，为贼军当差渐渐学会了裁缝手艺，后好歹逃出，饱尝千辛万苦，总算回到自己思念的故乡徽州。可自己无比怀念的故居仅剩下一片焦土和几段烧焦的墙根。村里的壮丁仅剩二三十人。他"把老屋基扒开，把烧残砖瓦拆扫干净，准备重新垫起一片高地基，好在上面起造一所高爽干燥的新屋。他每日天未明就起来了；天刚亮，就到村口溪头去拣选石子，挑一大担回来，铺垫地基。来回挑了三担之后，他才下田去做工；到了晚上歇工时，他又去挑三担石子，才吃晚饭。农忙过后，他出村帮人家做裁缝，每天也要先挑三担石子，才去上工；晚间吃了饭回来，又要挑三担石子，才肯休息"。顺弟女儿身，却小小年纪不忍父亲辛苦，"每日早晚到村口去接她父亲，从他的担子里捧出一两块石头来，拿到屋基上"。她长成大姑娘后，一心帮助父亲圆梦重建家园。她决定嫁给跟自己年龄相差三十岁的乡绅。父亲闻知唉声叹气，母亲则很早扬言：绝不把女儿嫁给年近五十的糟老头儿。她勃然大怒说：唉！这孩子是想做官太太啊！顺弟听着母亲责备，羞愧怄气，可她什么也没说，进到自己屋里大哭一场，最终还是向父母剖明了自己心思后上了花轿。那样的性格以及那样的婚姻，大概在西洋国家是无法想象的。可在东洋，中国也好日本也罢，不足为奇。起名顺弟本因"在那大乱之后，女儿是不受欢迎的"，说是"取个下胎生个弟弟的吉兆"。这种情况跟日本的风俗十分相像。日本也常有此般情况，为不受欢迎的孩子起名时，希望不再生那样的孩子，便叫"留吉""阿末"什么的。主要是根据父母的愿望给孩子命名，这一点日本和中国相似。话说这位母亲——顺弟的情况，不仅仅在开头部分，贯穿了《四十自述》通篇，直到最后仍时常出现。这个没文化百姓家的女儿，二十三岁便早早做了寡妇，之后这个柔弱女子独自养育子女，含辛茹苦，历经沧桑，终于培养出今日的胡适，令读者由衷感动。她嫁过来时，丈夫的正房已经去世，虽说是偏房，与正房似无差异。在这个家庭里，丈夫的前妻留下了三个男孩、三个女孩，长女比她大七岁，长

151

男比她大两岁，第二第三个男孩是双生，仅比她小四岁。她嫁过来不久，长男、次男就娶妻生子了。长男的第一个孩子仅小胡适一岁。"大哥从小就是败子，吸鸦片烟，赌博，钱到手就光，光了就回家打主意，见了香炉就拿出去卖，捞着锡茶壶就拿出去押。"父亲生前"很爱她（母亲），每日在百忙中教她认字读书（中略）。我小时也很得我父亲钟爱，不满三岁时，他就把教我母亲的红纸方字教我认。父亲作教师，母亲便在旁做助教。我认的是生字，她便借此温她的熟字。他太忙时，她就是代理教师。我们离开台湾时，她认得了近千字，我也认得了七百多字。这些方字都是我父亲亲手写的楷字，我母亲终身保存着"。又云："每天天刚亮时，我母亲就把我喊醒，叫我披衣坐起。（中略）她看我清醒了，才对我说昨天我做错了什么事，说错了什么话，要我认错，要我用功读书。"不过，"她从来不在别人面前骂我一句，打我一下。我做错了事，她只对我一望，（中略）犯的事小，她等到第二天早晨我醒眼时才教训我。犯的事大，她等到晚上人静时，关了房门，先责备我，然后行罚，或跪罚，或拧我的肉。无论怎样重罚，总不许我哭出声音来。她教训儿子不是借此出气叫别人听的"。这位母亲二十三年守寡后，又活了二十三年。"只因为还有我这一点骨血，她含辛茹苦，把全副希望寄托在我的渺茫不可知的将来，这一点希望居然使她挣扎着活了二十三年。"读到此，大致可以想象得出：在日本明治时代对应的光绪年间，中国家庭的教子方式、理想的贤妻良母等，处在何等状况。想必与我国的武士家庭相同。从中亦可获知，在东洋，直到我们母亲、祖母的那个年代，日本和中国都同样，妇女一辈子含辛茹苦。

○

　　作者胡适的年龄大致和我相仿，又同是生长在东洋，从时间上
讲有许多共同或类似事件的记忆，这点非常有趣。作者的父亲赶上
"太平天国之乱"，这与我父母相似，我父母遭遇维新事变，经历了
上野战争①之类的可怕时期。作者十一二岁时，早熟且发自内心似
的成为无神论者。而周围的人如母亲、伯母、嫂嫂们，都是狂热、
迷信的佛教徒。作者幼年时也被灌输过地狱极乐的妄想，还被迫去
拜观音菩萨。我的少年时代也是同样。甲午战争开始那年，我九
岁，读小学二年级。作者那年四岁，前一年便搬迁往父亲工作地台
湾。（顺便提一句，第二年四月《马关条约》将台湾割让与日本，
当地官民反对。当时在台东处理卫戍事务的胡适父亲亦与反对运动
有过关联，后因病退居厦门并在同一年逝世。想来，作者与日本有
着长期的恶缘。）日俄战争开始时我十九岁，作者十四岁，"上海的
报纸上每天登着很详细的战事新闻，爱看报的少年学生都感觉绝大
的兴奋。这时候中国的舆论和民众心理都表同情于日本，都痛恨俄
国，又都痛恨清政府的宣告中立"。时势变迁，比较今日重庆政府
与日本、苏联的关系，令人万千感慨。那年正值作者来上海进梅溪
学堂读书，有篇作文题目是《探索日本强大之理由》，他问二哥应
参考哪些著书，二哥为他找来《明治维新三十年史》《壬寅新民丛
报汇编》等。他说"那时候，中国教育界的科学程度太浅，（中略）

---

① 1868 年日本旧幕府军与新政府军于江户上野展开的一场战役。

有好几门功课都不得不请日本教员来教。如高等代数、解析几何、博物学，最初都是日本人教授，由懂日语的同学翻译"。这么说来，当时像是有矢野龙溪的《经国美谈》中文译本，有趣的是那是作者第一次读到的外国小说。作者不像我这么懒惰，像是自幼阅读范围博广，少年时代爱读的无疑还有许多其他类似的书籍。

○

在我国殆未所闻《缘缘堂随笔》著者丰子恺其名。我也是得此书时初次耳闻。此部《随笔》也是同一丛书所选之一，同样是由吉川氏翻译，他在其《译者前言》中提及："吾以为作者丰子恺是现代中国最富艺术家色彩的艺术家。并非因其多才多艺，擅钢琴、漫画、随笔，而是因为欣赏其艺术家式的坦率、风骨、气节及对万物充满的感情。如若找寻当代陶渊明式或王维式的人格，丰子恺首屈一指。在众多粗俗、伪劣的海派即上海派文人中，著者鹤立鸡群。"有关这位作者的经历，吉川亦称"所知不多"，仅知道生于杭州湾附近的浙江石门湾，家里是染坊，曾留学东京，回国后在上海做音乐教师，现隐居故乡石门湾，近时皈依佛门吃素斋，著书有四本随笔集、几本音乐理论或绘画理论。另外吉川氏《译者前言》中有一段值得特别注意。"中国现代文学最值得一看的是随笔。小说、戏剧与随笔相比明显低劣。这一点参照中国文学史极其有趣。在过去的中国文学中，散文才是正统，最有发展的正是随笔。文选、唐宋八大家均为随笔。民国的文章革命反对这种传统，期待出现中国的莎士比亚、歌德、左拉。结果仍是偏向了随笔方向。（中略）这个民族最尊重实际事实，热衷并擅长于如实叙述身边发生的事情，却不习惯、不擅长于小说的结构。"因此，"随笔是探究中国文化的重要资料。过去的随笔、现代的随笔是一样的。窃以为这部书对于希望了解中国的人有用，不如说，比起'三民主义'云云的政治论调，更加有用"。或许，是否可将文选、唐宋八大家的文章看成随笔值得商榷，但他的如上意见是正确的，即中国文人擅长于"如实叙述身边发生的事情"却"不习惯、不擅长于小说的结构"。在这一点上，我与吉川氏的意见应该是一致的。他还说："这种现象我认为是由于中华民族的积习所造成。"实际上，这或许是整体东洋人的积习。

○

读过这部区区一百七十页的小册子《缘缘堂随笔》，便知吉川氏没有欺骗读者，著者丰子恺的气禀、才华令人感佩不已。若说《四十自述》展示的是学者禀赋，那么《随笔》展示者确为艺术家才能。文章非功利之谈或涉及重大话题，微不足道的小事在著者笔下竟忽然生出一种匪夷所思的风韵来。就现代日本而言，尤其近似的或为内田百闲氏①。（在解释音乐等方面很像。）尤其是卷头一篇十五页左右吃西瓜子的文章，建议诸君务必一读。如此中国式、琐碎不堪的小事，竟写得那么有趣，堪称上乘之随笔。（吉川氏的译文也相当出色。）或许这是最为得意的一篇，但著者境界绝非局限

---

① 内田百闲（1889—1971），夏目漱石门下小说家、随笔作家，本名内田荣造，别号百鬼园。

于此。每篇皆有独特趣韵。我第二喜欢《山中避雨》。这篇文章亦充满情趣，写的是作者带着自己的两个女儿到西湖的山里游玩，不期遇雨，便在茶馆避雨，雨越下越大，两个女儿百无聊赖，著者便借来茶馆店主的胡琴，奏段小曲为爱女解闷儿。仅仅五页纸的篇幅竟余韵无穷。"我用胡琴从容地（因为快了要拉错）拉了种种西洋小曲。两女孩和着了歌唱，好像是西湖上卖唱的，引得三家村里的人都来看。一个女孩唱着《渔光曲》，要我用胡琴去和她。我和着她拉，三家村里的青年们也齐唱起来，一时把这苦雨荒山闹得十分温暖。（中略）有生以来，没有尝过今日般的音乐的趣味。"如此优美的一节，令我意外想起了从前的一段故事，葛原勾当①乘船赴京都，半途在明石海湾②一夜弹琴，与当地住民欢聚。著者又有如下描写："piano 笨重如棺材，violin 要数十百元一具，制造虽精，世间有几人能够享用呢？胡琴只要两三角钱一把，虽然音域没有violin 之广，也尽够演奏寻常小曲。（中略）这种乐器在我国民间很流行，剃头店里有之，裁缝店里有之，（中略）倘能多造几个简易而高尚的胡琴曲，使像《渔光曲》一般流行于民间，其艺术陶冶的效果，恐比学校的音乐课广大得多呢。我离去三家村时，村里的青年们都送我上车，表示惜别。"另有一篇乃为父之言，只比《山中避雨》多两三页篇幅，诗趣横溢，令人叫绝。著者像是喜欢孩子，除前述两篇还有《华瞻的日记》《送考》等许多有小孩儿登场的随笔。

---

① 葛原勾当（1812—1882），日本筝曲家，本名矢田重美，曾用名矢田柳三。三岁失明，十五岁获盲人乐师"勾当"阶位，并被赐予"葛原"姓氏。
② 位于日本兵库县南部。

○

丰子恺氏曾留学日本，文章中自然出现留学时的回忆及其他关于日本的情况，随笔中的《记音乐研究会中所见之一》《所见之二》即如是。而丰子恺氏留学东京主要是为学习音乐，还是学习其他，音乐只是业余爱好？文中没有交代，不得而知。此外，留学东京具体是哪年至哪年也不明确。只是在《所见之一》及《所见之二》的末尾分别记有日期，前一篇所撰日期是民国二十五年一月九日，后一篇是同年二月十一日。并且前面的文章中有这样一段文字记述："十五年前在东京某音乐研究会"云云，又说"归国后就为生活所逼，放弃提琴，至今已五十寒暑"云云。后一篇文章中还写道："我归国后即疏远音乐技术，十六七年长把这册乐谱填塞在旧书箧底"云云。根据这些文字可以推测，他大致是民国八年、九年到十年（大正八年、九年至十年）期间留学日本。著者论及当时东京学生的风尚："从没有看见过学生缺课。因为他们深切的明了他们目前所为的是何事。（中略）整天的工夫或半天的工夫，一双眼睛注视在书籍上面，没有倦容。他们这种勤学苦干的精神，令人觉得明治维新到今日不过几十年，把一个国家弄到这种田地，并非偶然。"这段话引用自向愚的文章《东京帝大学生生活》，著者也证明了前者的说法："日本学生的勤学苦干的精神，真是可以使人叹佩的。而我在某音乐研究会中所见的医科老学生的勤学苦干的精神，尤可使我叹佩到不能忘却。他的相貌和态度，他的说话和行为，我到现在还能清楚详细地回忆起来。"这个老医学生是音盲，生来无具音乐天赋，"平生缺乏艺术的修养，因此利用课余的时间，来这里选习提琴。他告诉我，他将来还想到德国去，德国是音乐很发达的地方，所以他决心研究音乐。说到'决心'两字，他的态度十分认真，把头点一点，表示他是一个有志者。我觉得这是日本青年所特有的毅力与真率的表示，在中国是见不到的"。著者写道，起初以为这个医学生"全然没有音程观念，没有手指技巧，没有拍子观念，又没有乐谱知识"，看到他"冒昧地入这研究会，冤枉地站在这里练习"，心里笑他无自知之明，"认定他是一个可怜的无自觉的妄人"。可是出乎意料，这个医学生明白自己的才能低于常人，所以比常人更加努力地练习，终于赶上了大家的练习步骤，"拍子和音程固然相当地正确了，（中略）这个可怜的不自量力的妄人，我最初曾经断定他是永远不能入音乐之门的。不料他的毅力的奋斗果然帮他入了音乐之门"。著者还援引胡适的《敬告日本国民》文中的一段："日本国民在过去六十年中的伟大成绩，不但是日本民族的光荣，无疑的也是人类史上的一桩'灵迹'。任何人读日本国维新以来六十年的光荣历史，无不感觉惊叹兴奋的。"我们日本人的精神意志被中国人那般认真评价，多少有些赧颜。不过著者绝非无条件地夸奖，著者在末尾添笔道："但我的所见，已是十五年前的旧事，不足为凭了。据向愚先生所说，现在（民国二十五年，昭和十一年）东京帝大学生的思想'萎靡不振，令人太失望了'。（中略）现代日本学生的思想，已由'唯物史观'转向到'就职史观'了。唯物史观不论是否，总是一种人生观。就职史观就是只求有饭吃，不讲人生观了。这是何等的萎靡不振！若果如此，那种毅力和勤学苦干的精神，今后对日本'非徒无益，而又害之'了。"昭和十一年，是抗日思想愈演愈烈的时期，或许也是宣传的效果。但从某一方面来说，当时我国正处于文化成熟期，那种观察的确也含有符合实际的部分，偶然被中国方面抓住了小辫子，我们亦须小心才是，帝都风尚变迁如此之快已传至邻国。

○

《所见之一》讲述的是老医学生的话题，《所见之二》是关于小提琴指导教授林先生的回忆。考虑述及过多，只想说说如下内容。当时在小石川春日町车站附近的小弄里挂着一个私人教授音乐的招牌，那里住着一位酷似仙人的林老师。林老师毕业自日本的音乐学校，而后去德国留学，回日本在这个小弄里教授音乐已经十年。老师单身过着独居的日子，连女佣都没雇，房东老太太兼做短工。家里只有三个房间。本人总穿和服，头发也乱蓬蓬的，一年四季从早到晚关在二楼几乎不越雷池一步，整个生涯投入到小提琴、钢琴、大提琴的教授上，自称生活在音乐中云云。我所知道的仅有以上情况。大约是大正八年九年那会儿，在东京小石川一隅，我们不曾注意的生活和那样一个人物引起了著者的兴趣。我觉得著者的笔致极度适合于描写此类东洋怪人风貌。此外，我桌子上摆放着松枝茂夫氏翻译的周作人氏的随笔《瓜豆集》，卷头译者前言中有如下文字："一九三四年正月，他（周作人）庆贺自己五十岁，作了两首幽默诗发表，左派青年们给他烙上了趣味幽默有闲文人的烙印，并时而猛烈抨击严厉批评之。那时林语堂为之辩护：周作人的诗歌冷中有静，集中了沉痛与幽静。这个评语极好，可作其所有作品的评语。

周作人是反语的名人。"又称："周作人毕竟是爱国者。（中略）这一点与其兄鲁迅丝毫不差，到底属于同一血统。只是鲁迅多刻薄言语，辛辣酣畅，几乎是彻头彻尾地讽刺。周作人则湛然和蔼，用反语的方式来表达。"还说："他在《题记》中也说到，自己平生撰文喜欢简略词汇或含蓄隐约。然而连本国读者都会时时歪曲其意，对于我国读者，更是难以避免。"去年周作人来日本，我在京都有机会与之同席约一个小时，初次面聆謦欬这位中国现代文学家（几乎是反重庆政府的唯一的著名文学家），结合当时的印象阅读松枝氏评语，我大体有同样的感受。不能读原文，便无资格品头论足。坦率地说，他人品、容貌、态度极其温和却不开朗地具有女性化特征。他那给人透明感觉的苍白肤色，贵族式的端正五官和细细的眉眼，讲话时目光朝下并不直视对方的样子，操一口流畅、语调正确的日语（其实我没想到他会说得那么好），加之极其平静、断断续续低声细语的态度——没见过鲁迅，想必弟弟与哥哥的性格迥然相异。从他的前述个性人品推测，不难想象其文章是沉稳、幽静的，而不像哥哥的文章那样充满辛辣的讽刺性，其文体特征是柔和的反语式的，简略而含蓄。他是爱国者，却留在北京协力日本担任要职，不清楚他到底出于怎样的考虑，偶尔翻阅其《瓜豆集》，含《谈日本文化书》《怀东京》《东京的书店》，还有论及阿部定事件[1]的《尾久事件》和论及鬼怒川殉情的《鬼怒川事件》等。这些文章表明其对日本的深刻了解和极大关注。例如一段礼赞日本的房屋的文章："四席半一室面积才八十一方尺[2]，比维摩斗室还小十分之

---

[1] 发生在 1936 年 5 月 18 日轰动日本的恶性杀人事件。
[2] 约七平方米。

二，四壁萧然，下宿只供给一副茶具，自己买一张小几放在窗下，再有两三个坐褥，便可安住。坐在几前读书写字，前后左右皆有空地，都可安放书卷纸张，等于一大书桌，客来遍地可坐，容六七人不算拥挤，倦时随便卧倒，不必另备沙发，深夜从壁橱取被摊开，又便即正式睡觉了。昔时常见日本学生移居，车上载行李只铺盖衣包小几或加书箱，自己手提玻璃洋油灯在车后走而已。（中略）大抵中国房屋与西洋的相同都是宜于华丽而不宜于简陋（中略）。从前在日本旅行，在吉松高锅等山村住宿，坐在旅馆的朴素的一室内凭窗看山，或着浴衣①躺席上，要一壶茶来吃，这比向来住过的好些洋式中国式的旅舍都要觉得舒服，简单而省费。"此外，论及日本文学说到《源氏物语》："紫式部的《源氏物语》五十二卷成于十世纪时，中国正是宋太宗的时候，去长篇小说的发达还要差五百年，而此大作已经出世，不可不说是一奇迹。（中略）这实在可以说是一部唐朝《红楼梦》，仿佛觉得以唐朝文化之丰富本应该产生这么的一种大作，不知怎的这光荣却被藤原女士抢了过去了。"他用江户时代的平民文学比较明清时代的俗文学，赞扬一九的《东海道中膝栗毛》②、三马的《浮世澡堂》和《浮世理发馆》③，认为这些作品具有独创性。我觉得他是真正了解日本民族长处之第一人。与其在此听我絮絮叨叨，不如读者亲自一读《瓜豆集》。当然《瓜豆集》内容不仅局限于日本，这部随笔还涉及到中国、西洋以及有关鲁迅等各方面的内容。它足以让读者了解著者的博学多识，

① 和式夏季单衣，或日本旅馆为客人准备的和式睡衣。
② 日本小说家十返舍一九（1765—1831）创作的滑稽本。
③《浮世澡堂》《浮世理发馆》皆为日本小说家式亭三马（1776—1822）创作的滑稽本。

不过最吸引我们的还是日本方面的内容。著者既为日本通，想必会对日本有牢骚有要求，会针对我们民族的短处进行讽刺性的观察。可惜却尽皆赞赏，没有丝毫的批评。从前述著者所持有的特点看，或难希冀直言不讳的批评。抑或是翻译松枝氏用心对文章进行了筛选。

○

林语堂氏的作品近年在我国颇多介绍，有些似已翻译过来。此人专对英美英文著述，或许不算中国文学。事实上无论创作、随笔皆在说中国功不可没，看似要在英美人面前表明自己的中国人身份，另一方面则在向西洋人说教东洋人的优点。另据新闻报道，此人与周作人氏恰恰相反，最近有些怪异，加入了蒋介石阵营，充当重庆政府的宣传角色，引起了我们的注意。我打算粗略看看他的作品日译，说来说去最为感兴趣的还是他的《京华烟云》（*Moment in Peking*）。我阅读的是今日问题社发行、鹤田知也氏的译本，上下两卷，九百三十三页（按译者说明，四百字的稿纸用了两千多页），分第一部、第二部、第三部，乃长篇巨制。林语堂的其他日译均为随笔，所以不知他还有类似创作。年方四十余，竟完成此等数量的作品，令人钦佩。不过我先读的是随笔，以为乃时尚人物，这部小说即便以中国为舞台，想必也会更多使用西洋的创作手法。可是实际一读，竟意外被打动。或因先读了赛珍珠《大地》之故，前述感动尤为强烈。《大地》完完全全是美国人描写的中国，《京华烟云》则彻头彻尾是中国人笔下的中国。这部作品墨守了中国旧小说的手法，一步不出格。就是说，它真实描写了光绪年间到现代约四十年间的北京生活，堪谓《红楼梦》新传（这样说并非证明这部作品不好）。前几天，在京都与周作人氏会面时，谈话中提及此作品，了解到在座的吉川幸次郎氏也完全同意我的观点。那么，中国的旧手法是怎样一种手法呢？简单说来，即读者体会不到著者的主观情绪，似一种冷静叙述的文体，淡化主张，不加讽刺，既无同情，亦无咏叹，平淡叙述中体现纯粹的客观态度，更使读者诧异长篇巨制的创作目的。例如末尾部分出现一缕卢沟桥事变的影子，文中对日本的政策、日本军稍有触及，但著者的态度冷淡得令人骇怕，无丝毫悲愤感慨之情，仿佛在叙述白云去来。说来在小说四十年跨度里，发生过一系列重大事件，如八国联军侵入北京、日俄战争、第一次世界大战、"九一八"事变、卢沟桥事变等；国内则是辛亥革命推翻清朝，进入内战不断及地方军阀割据时代，直至蒋介石中央集权，中国处于一个非常困难的大变动时代。然而不可思议的是，这里描写的世界以及出场人物仿佛与那些变动无甚关系。在那长篇巨制中并非没有一两个逃避战乱、举家逃亡乡下的场面，但那些人面对国体的变换和国内的战乱，却似乎无动于衷，平静地过着日子。小说中的人们于每场的话题故事中并非绝对不谈政治或论天下国家大事，但那种景象少之又少。周围发生着世界战争及其他重大事件，对他们所处的社会、经济定会有极大的影响，可著者并未表面化地描写那般影响。随便翻阅几页这部小说，读者或会当作是百年之前的作品。如果这部小说是真正的写实性作品，那么中国大都市的市民仍生活在"红楼梦"时代而未能前进一步。

○

　　本来中国的长篇写实小说近似于日本的《源氏物语》，长篇累牍，平铺直叙，少有跌宕波澜重叠起伏，人物众多，平静地向彼此方移动，且雷同场面循环往复，读者观念不同或会感觉乏味。那种乏味的、不断重复的部分又令人觉得，那仿佛是实际生活场面的缩影。林语堂氏的这部小说亦然。读者在起初的第二章甲看到乘坐车上的十岁少女木兰与家人失散的场面，便预想下面的描写会是漫长的、波澜起伏的，不曾想却很快找到了她。接下来，照例是平和的、平静的、少有波折的故事。从前堀口九万一氏①作为年轻的外交官在甲午战争结束后去四川省赴任，当地的大官不知发生了战争，无论堀口氏怎么说明，对方都笑着说：我国怎么可能与贵国开战打败，一派胡言！根本不予理会。我从堀口的随笔读出了他的感慨：中国毕竟是泱泱大国啊。读了前述小说，不由得想起堀口氏的这段文字。在这部长篇巨制的末尾部分写到了卢沟桥事变，涉及如下内容——"继承了北京古老文化的老北京人，不太习惯近代主义、现代主义之类物质文明，过着贤明、快活、安详、无怨、平静的慢节奏生活。而在他们的脸上，他们的内心里，谈话时、工作乃至生活中，时时透现出某种悠久的感怀。在他们的生活中，永远与瞬间保持了一致。这便是北京人的气质及生活的特点。"又如——"北京是古老的都市但并不衰老，仍旧年轻。北京人自祖

---

① 堀口九万一（1865—1945），日本外交官，汉诗诗人，随笔家。

父、祖母时代坚守传统生活，有着遇事不慌的特点。北京人坚韧、耐心。无论遭遇多大的灾难、不幸，均自然地让时间来解决。"著者或要通过这部作品让西洋人了解，中国这个大国具有超越历史长河的悠久性，不会为一点战乱所动摇。假如阅读的对象是中国人，则会运用西洋的新的表现手法；而让欧美人阅读，则中国传统的写法更有意义。另外不可忘记，作品本来就是用英文撰写的。阅读原文，运用旧式中国表现手法书写的英语小说，本身就别具新意。而读日文译作，或许便会感知到《红楼梦》那般陈腐气息。鹤田氏的翻译文笔流丽，没有汉文调，可不管怎样，日文中有很多汉字，所以即便没有汉文调，仍是无法摆脱汉字的魅惑，这样便会感觉内容近乎《红楼梦》《金瓶梅》。因此，如若读一下郁达夫的中文译文，更会有感触。以上论及林语堂氏的作品，还有胡适氏、丰子恺氏、周作人氏的作品，总的说来中国的现代文学多少受到西洋的影响，但与日本明治末年至昭和初年的作品相比，感觉很多部分仍具有浓厚的东洋色彩。我想日本曾经在某个时期出现了自然主义、艺术至上主义、唯美派、新感觉派等运动，中国未必会走同样的道路。若果真如我所料，便体现了中国的大国特性，既是长处也是短处。

○

在《文艺春秋》七月号和八月号上刊载了拙文《话昨论今》，意外获得诸多反响，我心怀感激地收到了许多来信，有来自故交，也有来自新知，来信提醒了我文章中的记忆错误或表述了感想。下面介绍一下其中两三封有趣的来信。首先是上海内山完造氏落款六月二十九日的明信片。

> 收到《文艺春秋》后翻阅，被先生的"怀古谈"吸引，往事犹在眼前。两首诗中一首出自唐琳。便是唐有壬，汪精卫任外交部长时为次长，被暗杀，实际上是欧阳君的妹夫。日本报纸称他"亲日派"为之捧场，使他得此结局。还有赠送广东狗的是名叫陈抱一的西洋派画家，夫人是日本人，仍健在居于上海。表演《贵妃醉酒》的欧阳君，当时赠给先生一个演戏用的大香炉。遥祝健康。寸笔，匆匆。

以上是明信片全文。反复阅读，当时的情景历历在目。内山氏清楚地记得广东狗、大香炉，或因我拜托他帮助打理、托运行李的缘故。若送我小狗的果真是陈抱一夫妇，实在抱歉我记错了。我当然是清楚记得陈抱一夫妇的，还记得那天是旧历正月初二，我去了他们的江湾宅邸（也是跟田汉氏一同去的）。那一带好像是战祸最为惨重的地方，现在一定是面目全非。那以后，冈田七藏氏去上海，曾托他送给陈氏一套漆器方木盒子，这么说来，那大概是当时的答谢。大香炉嘛，也忘了写，内山氏一提醒，确有记忆，的确是欧阳氏所赠。头次听说的只是，那竟是他表演杨贵妃时所用，我一直不了解那物件的由来。另外五言律诗的作者唐琳便是曾经的外交部次长唐有壬，也是今天初次听说。下面是落款七月二十七日的冈成志氏来信摘录，"我去年在上海见到胡适先生，得到两本《胡适文存》及相片。我带去的翻译是龟谷君，中文很好，任职新闻联合社，龟谷君与胡适先生的谈话用去了很多时间。我用夹生的英语与之交谈，得知胡读了英译《源氏物语》，感佩至深。还听胡先生说，中国的白话诗还仅仅是一个形式，由真正诗人来创造的白话诗尚未诞生。正如您所述，胡先生是文静典雅的学者，想来不会作为重庆政府的使节或代表与美国打交道。当然人品、学问都不是林语堂等可比拟的，林语堂没有资格谈论中国的知性文化"云云。还有一个是落款七月二十八日的吉川幸次郎氏的来信，"中国的作品之所以不太流行，诸般理由正如您文中所言。说到中国作品原本具有冷静特征，我认为其不是在谈论人的希望，而是在讲述人的命运，这一点未必适应当今社会。然而若果如此，则更有必要使之再稍加流行"云云。吉川氏在这里的所谓"中国作品原本具有冷静特征"，与我提到的中国小说的平静感、悠久感，不是一脉相通吗？如何？

○

当初写赛珍珠《大地》的评论时，传闻那部作品将在美国搬上银幕。我曾表示，那部作品缺乏戏剧要素，拍摄成电影会失败的。然而之后拍成了电影并进到日本，我看过后与我设想的不同，拍摄得竟很有意思，有充分的观赏价值，我暗自为自己的无知感到羞愧，并重新认识了电影适用范围的广大。不过仅有一点是我看过后感觉失望的，便是电影中完全没有展现中国大自然之美、乡间风景之美。当然美国的制作者在美国制作的影片，即便是再现中国的乡间景色，也只能是利用美国国内的野外摄影、道具、剪辑。但对于《大地》那样的电影，那样拍摄是非常可惜的，即使多花一些费用，也应尽量去中国拍摄那片土地实际的自然美。之所以这么说，乃因从前我去中国的乡下旅行，曾被那特异的自然美所打动，感受到极大的魅力。听说曾有旅行家说世界上最美的国家是埃及、中国和印度。事实如此，中国的乡间很美。那种美基本属于南国画派笔下的风格，在中国内地旅行才明白，南国画派的技法真正是以中国的自然为基础的。本来，赛珍珠的原作并没有大书特书这种自然美。原作者只是通过主人公夫妇的性格，致力于当地风土人情的描写，有意无意将目光偏离了自然美的方向。但是，既然是以中国的农民为主题展开的故事，了解中国乡间的人读起来，自然会觉得到处都会有那充满魅力的南国画风景拂面而来。不该是因为拍成电影，便忽略那个方面。景观方面，有大群的蝗虫袭来的大规模场面，但是真正的中国风景不是那样离奇的、令人目瞪口呆的感觉，而是平稳的、和谐的、慢悠悠的景观。若欲表现那些，不用说在美国，哪怕是在日本的乡村，无论是套用多么类似的景色，都必定办不到。无论如何必须要去中国。听说原作者赛珍珠对那部片子感到不满，抑或不中意的正是这一点。前面提到，就那部电影目前的状态来说，也足以让观众陶醉其中。但是，如果制作者将中国的自然美考虑进去，就算演员不去中国，至少把风景拍摄下来并巧妙地切入影片中，想必更会大放异彩。

○

　　有趣的是，吉井勇氏写了一篇《土》^①观后感，将美国电影《大地》与内田吐梦氏制作的日本电影《土》做了比较："就作品而言，以前观赏《大地》感动不已，场面规模比《土》大得多，而且具有民族背景。然而从诗情画意、描写田园美景之绝妙的方面讲，不如后者《土》。（中略）我对《土》深感兴趣的是，银幕上再现的农村风景，使我接连不断地想起平日里喜爱朗诵的长冢节氏的诗歌。"例如，看到勘次偷玉米的场面，就想起短歌"吾心悲与痛交织，秋风瑟瑟玉米田"^②；看到卯平老人打稻草的场面，便想起短歌"夜晚搓草绳，清亮铁锹伴"^③；看到了青蛙低鸣的场面，则想起了短歌"短夜渐明时，蛙鸣力竭寂"^④。不知吐梦氏制作这部电影时，是否曾在心里念着这些短歌拍摄场景，将长冢氏那般短歌诗人的作品搬上了银幕？对于演员，不用说，需要认真研读小说原作，诗歌集等亦须充分研究准备。总之这方面电影优势明显，舞台表演时背景和道具不管制作得多么巧妙，仅靠那些无法让人感觉自然美。我完成了写作后，为解除大脑疲倦外出散步，多半顺便去电影院看看。最近西洋电影逐渐消失，随着日本电影的增多，不知不觉习惯了欣赏电影中出现的风景，有时甚至

① 内田吐梦（1898—1970）导演的电影，改编自日本诗人、小说家长冢节（1879—1915）的代表作品小说《土》，于1939年上映。
② 引自长冢节的短歌，闻知诗人、散文家正冈子规（1867—1902）逝世噩耗而作。
③ 引自长冢节的短歌，是以深秋为背景。
④ 引自长冢节的短歌，是以夏季夜晚为背景。

比起电影的剧情来，更关注这部电影会出现什么景色。比如最近记下的经历中，有一次我期待或许可以看到九州一带的风景，而当开场时看到大大的柳树形成茂密树荫，风儿吹拂着的乡下街景，先就有种凉风习习、吹入衣领的感觉。小河流水穿街正中，两岸柳树成行，这个场面也是远离大都市特有的景观，令人难忘。假如从这个角度观看电影，即便故事情节失败，也可以看得饶有兴味。在这一点上，现代剧也好古装剧也罢，皆无例外。我本来有喜好烟雾的毛病，却在壮年期的十年里，像铃木清方氏一样患上了"铁道病"——一乘坐火车就会感到恐惧的一种神经衰弱症，因而每每浪费掉外出旅行的时机。最近总想四处走走看看，国内也有很多地方离得不远。可最近旅行不方便了，上了年纪容易疲倦，去不熟悉的地方旅行，也感到十分麻烦。为了解渴，有时独自一人静静地翻阅标有名胜古迹的旧地图，或者一边欣赏电影中出现的景观，一边暗忖那是哪儿的街道，这是何处的山脉……当然，未必是天下的绝景奇观。我国的风光明媚绝不逊色于中国，我相反更加欣赏那些纯日本式的、乡土气息浓厚的景色，一眼便知是我国何处的乡间。就我的个人喜好而言，最喜欢信州一带的山间房屋景观。留有封建时代风貌的地方小城市，分布着泥灰墙壁店铺的街道，架有小桥的街角，两岸垂柳的河道，那样的风景让我心醉神迷。那些地方时而在电影中用作再现明治时期的东京气象，我一看到那些景观，便回想起自己少年时代的各种往事。

○

　我认识的一位西式裁缝老师，一次与人相约在神户见面，之前得消磨一两个小时。多数人在这种场合，通常都会钻进附近的电影院打发无聊时间。那位西式裁缝老师也这么盘算着去了阪急会馆，在那一带的娱乐街转了转，可不巧上映的都是自己看过的电影，无奈便在那些电影中选了一个再看一遍，也无妨的。那是一部西洋电影，裁缝老师已经知道故事情节，于是改变观赏角度，决定研究一下出场女演员的服饰。这样一来，尽管是已经看过的电影，却产生了全新的兴趣，据说完全忘记了时间。这件事教给我们，观看一部电影，会因观者的职业、处境不同，产生与剧情无关的多种欣赏方式。有我这样注重观赏自然美、地方情调的观者，也有西式裁缝老师那种注重观赏服装流行样式的观者，此外家具、建筑、和服的图案花纹，头发的剪法、盘法、烫法，演员们的发音方式、用词，还有旧时的衣裳、物品等时代的考证，如此这般会有角度不同的观者。每当变换一个角度，一部电影就会展现出全新的一面来。这么想来，电影制作者有必要悉心考量，衣食住行等各个方面都是重要的。虽说与剧情没有重大关联，但一个背景、一件衣裳物品的选择，绝不可疏忽大意。

○

　最近我与内田吐梦氏时隔很久相见，他说要使外国观众喜欢我国的电影，妨碍他们理解的首先是我们的双重生活方式——座椅的形式与榻榻米的形式，新闻片之类少有那样的场景，故事片中，同一个人，某一场景穿着西装坐在椅子上，另一个场景，又穿着和服坐在榻榻米上，接着到了下一个场景，他再次穿着西装坐在了椅子上，画面切换，又穿着和服坐在了椅子上或穿着西装坐在了榻榻米上。实在是莫名其妙！他们丈二和尚摸不着头脑，难以理解一个场景到另一个场景的推移。从前，栗原托马斯在好莱坞制作日本故事片时，在向那些扮演日本人的美国演员解释屋内须脱鞋与不穿鞋子会滑稽的场景区别时，费尽周折。托马斯说，他们实在无法理解该在哪儿脱掉鞋子，木屐又该在哪儿穿上。来一趟日本便知不算什么事，而对那些不了解日本国内情况的外国人，或许的确是那么回事。这个问题与最近甚嚣尘上的国语文字问题、文字朝左写朝右写的问题是同样的，虽然他们难以理解，但那既然是我们的实际生活，就应该照原样拍摄给他们看，没必要在那些问题上客气顾虑。本来，我们在这种时候，对外国人就有过于迁就、一味让步的通病，彼此应注意。乍一看，我们的生活过分复杂，充满了矛盾，但仔细想想，这里有很多的长处。在西洋国家，战争以来牛肉供给不足，听说最近有的国家鼓励吃鱼肉，可是我们呢，日本菜、中国菜、西洋菜统统都吃。白天工作时穿西装、鞋子，傍晚回到自己家，洗澡换了和服舒舒服服，赤脚感触泛着草青色的榻榻米。据说英美的士兵休息时如果不让坐在椅子上，无论如何难以解除疲劳。可我们无需那般碍事的道具。我们顺应场合无论何地，能坐在椅子上也能直接坐在地板上，还能盘腿坐、跪坐，或随意躺下休息。完全的放任自由，就好像国语右写、左写、竖写、横写自由自在，兼备音标文字、象形文字二者之特点，既能翻译中文也能翻译英文。山田孝雄博士[①]在《文艺春秋》九月号上论述了国语的本质，"胡乱改变语言，妄称这样方便运用，但草率改变，有害于日本的传统精神"。一心要向国外推广我们的国语、文字，便欲改良之，使得外国人容易接受，这种想法极端滑稽，这跟为使对方更容易理解我们的电影内容而废止我们的双重生活如出一辙。英国人反对入乡随俗，他们无论走到哪儿都不改自己的做法，反之却将自己国家的做法强加给当地住民。我们也稍稍模仿一下他们的这种厚颜为好。不管我们的生活方式他们多难理解，反复、重复让他们观看，慢慢他们会明白的。而且我们自己首先要抱有自信，一定能使他们最终明白。只是这时，必须严加注意的是不能敷衍，认为他们反正不明就里。我们要如实描写、介绍我们生活中的真实情况。例如日本的建筑之美、墙壁木纹之韵味。或许有人想，即便实物都很难看得明白，更何况电影呢？绝非如此。我们的建筑不像中国、西洋，外观缺少豪华感，所以难以引人注目，可是坚持不懈地忠实再现给他们，告诉他们只有我们的建筑才会有这种风雅简朴感或精练古老的韵味，渐渐地，有一天他们一定能够理解。更何况，对方是我们一脉相通的东洋人呢。

○

提起建筑，顺便说一句，电影道具所再现的日本建筑，在专家

[①] 山田孝雄（1873—1958），日本语言学家。

眼里，实在是乱七八糟，无视原有的传统及规则，我最近时常听到这样的指责。跟上面提到的西式裁缝老师一样，也有从自己专业角度观看电影的建筑师。要想制作吸引外国人的电影，首先须是我们日本人看后觉得在各个角度上都是满分的优秀电影。我对建筑一窍不通，不能以讹传讹。但是连我有时都觉得不对劲，用于道具的木材过于简陋，尤其是醒目的支柱，再现诸侯的大殿或乡下名门世家内宅使用的大粗角柱，大都是用比木板还要薄、没有木纹美感的薄木片钉成，为显年代已久，再把那样的道具表面弄得黑乎乎脏兮兮的，有时电影画面上都能看见钉子头。电影的制作者以四十岁以下的年轻人居多，不注意这些方面也没办法，但木材的美感之于日本建筑特别重要。悉心介绍是让对方体会日本文化魅力的第一步。本来摄影棚里的道具与剧场上的道具理应不同，但多数人还是偏向与舞台道具一样的想法，大概认为板子也好柱子也好，只要做成那个形状，无所谓木纹的什么美观。如果真就那么认为，那可是大错特错。在银幕上，物品的质地看得十分清晰。比如衣服的质地，粗线呢等质量特点尤其明显，哔叽呢、法兰绒等也不难区别，仔细看和服，不要说丝绸或棉布，就连是礼服还是用绉绸都可以分辨。若是木材，则比织品看得更加清楚。光线从斜侧方照射时，直木纹倒还罢了，其他各种纹理看得异常清楚。桧树、杉树、铁杉树、松树、光叶榉树、梧桐树等，各自的纹理特征清楚再现，必然看出美国木材与日本木材的风味差异。比方这里有个乡下出身的青年，尽管成人后去了大城市，但仍不忘乡土，自己幼年时住过的农家房屋、屋里榉木制作的乌光发亮的大黑柱，他记忆犹新。青年忽然在电影中仿佛看到了幼时自家的场景，房屋中央立着的乌光发亮的大黑柱上可以明辨榉树的木纹，看到那些，青年想必万分感慨。如果相反，青年看出那个大黑柱不知是用什么材料的薄木板钉成，并在白板子的表面随意潦草地胡乱涂墨，他会多么失望啊！肯定对那部电影不会再有任何兴趣。因为青年的脑海里，对于乡土、自家的回忆是与大黑柱子的木纹记忆一致的。虽这么讲，道具未必非用原本材料，但是至少，在木材的纹理上，不能使观众感觉虚假。因此在完整的材料搬运不便且不太经济时，可以考虑使用合成板，参照生活习惯，是榉树木材的地方用榉树，杉树木材的地方用杉树，按照各自应有的规定做出那个感觉来。还有，日本木材与美国的不同，越是陈旧木纹越鲜明，并自深处泛出光泽来，所以，加工成年代久远的感觉，不是仅仅涂抹成黑乎乎的，应该好好下些功夫。假如以为这么费尽心血外国人也未必会接受，那应该说是完全理解错了。

○

什么电影来着，我忘记了，好像是长十郎主演前进座①的作品，讲的是明治维新时的故事。一个志士②被幕府官吏追赶，逃到了乡下亲戚还是什么人家。志士跑进庭前，坐在套廊檐上，跟主人讲述自己被追赶的来龙去脉。碰巧正在院旁树荫下的那家姑娘偷听到了，便悄悄地喜欢上那个志士。记得好像是那样的剧情。许多电影都是以这样的剧情展开，我感到不满。且不论被追赶的志士逃到陌

---

① 日本剧团名称，1931 年由日本演员、导演、戏剧活动家河原崎长十郎（1902—1981，本名河原崎虎之助）为改变日本歌舞伎界的门阀制度而创立，演出剧目除歌舞伎外，还有新剧、大众演剧等。
② 多指主张推翻幕府政权、推行明治维新的人士。

生人家还是亲戚家，在庭前大声说话就不合常理。逃来——叙说来龙去脉——被姑娘偷听到，一次完成三个场景，明显是减少场景、急于推进故事造成的不良效果。原因在于未能脱离舞台剧剧本的束缚。的确，舞台剧不可能为一个个细小情节重新设立场景，即便观众觉得剧情的展开有些不自然也无可奈何，因为那是舞台剧的特点。但是电影注重临场感，不可与舞台剧相提并论，因为细小的不自然即刻会被发现，若想图省事竭力避开那些不自然的部分，反而会露怯。在我看来，上面那部电影在安排场景时，即便麻烦，先让逃来的志士进到里面房间，在无旁人在的房间里，志士向主人悄悄叙说。在这里，门外的姑娘偷听这样的设定实为鲜有的情况，关于她是如何得知的，应该另外想一个方案来替代。虽有些许繁琐，但电影比舞台剧细腻，按照这样一个过程展开更好，更接近实际情况。现在非议国产电影水平低，其原因之一或许是这些部分过于草略、疏忽。比如剑剧也是如此，再制作得细致一些，如何？一方面，现在也可以拍面向女性、儿童的浅显的电影，但另一方面，若要制作可以让观众汗毛直竖、掌心出汗，具有压迫感真实感的电影，上述做法是不可取的。一个豪杰面对十几个或几十个人挥剑挨个儿砍杀，这种不合乎情理的场面，外国人看着只会觉得很可笑。最近像是在拍摄《伊贺的水月》①，制作者对那位三田村鸢鱼②老人的详细考证实录，究竟参考了多少呢？我认为，那个实录无论从历史方面还是从心理方面乃至趣味方面，都几乎详尽描述了伊贺的水

---

① 伊贺国，在今日本三重县西部。电影题材取自江户时代发生在伊贺国的键屋之辻决斗事件，日本三大复仇事件之一，复仇砍杀的地点在伊贺国的键屋十字路口。
② 三田村鸢鱼（1870—1952），江户时代文化、风俗研究者，被誉为江户学鼻祖。

月，因此如若真想制作忠实于历史、极富趣味、极富经验教训的高水平电影，不该脱离那个实录，这或许是外行的想法吧。别的不说，至少去掉键屋十字路口右卫门一人抵十人的可笑砍杀。根据事实的描写反倒场面惊人，也能体现右卫门其人勇武。不过这么讲，听起来好像日本电影尽皆水平不高，实际上，西洋电影大部分也是情节不合理、瞎编乱造。只是西洋的电影场面雄大、规模浩荡、建筑衣装豪华，从而迷惑了观众，今后我们逐渐会在这方面赶上他们的。然而，我们不应该只满足于追赶他们，应当开辟新的天地。在那片新天地里展示日本人特有的古雅情绪，细腻入微，周密部署，难道不是一条新路吗？顺便披露我这外行的一个想法，以作读者笑谈。几日前，朋友 S 氏来访。问我："作为原作者，如果由您导演《市姬》这部电影，您会怎么处理？"我回答如下——若是我，就舍弃《市姬》，还是以《盲目物语》① 为题。那个故事讲述的是盲人脑海里想象大千世界。所以，在电影里也以盲人为主人公，其幻想的世界是与实际不符的外界物像。在其幻想的世界里，市姬可如天女一般理想化，小谷城及琵琶湖的景色也可以是这个世界以外的山水楼阁。还有在盲人眼中黑暗的世界，可以只让观众耳闻各种声音——时而插入微弱光亮，黑暗中传入各种音响、人马声、铁炮声、阿鼻地狱的呼唤声、女人的哀叫声、色情话语声等等，或者可以拍摄盲人幻觉中的世界与实际世界的相互交错。这是雄心勃勃、难度极大的尝试。但我认为，这样才是真正的《盲目物语》，也只有这样电影才能别开生面且忠实再现原作。

---

① 谷崎润一郎的小说作品，市姬（又译阿市）为小说女主人公。

○

最近，文学家走上街头的机会增多，有些人开始强调：作家还是应该待在书斋里苦心钻研，这样才是最好的为国奉献。我第一次看到这样的主张，是《大阪每日新闻》刊载的武者小路氏撰写的文章，后来还有里见氏，比武者小路氏更加慷慨激昂、语气强烈，好像看到过两次这样的文章。相反，也有菊池宽氏那样持反对意见的人。他在《话语的废纸篓》栏目上说，"当世文人并非繁忙。无论怎么协助文学报国会的工作，都不会妨碍书斋生活"，"首先，自事变以来，我不能吹嘘自己是书斋生活第一，其他诸君也没写出能称得上以书斋生活为首的作品。我们很难写出优秀的国策文学，所以我主张，承担写作以外的其他协助工作"。也就是说，有关于此，不存在谁是谁非的问题，应该由每个作家自己来决定。的确，正如菊池氏所述，或许自"事变"以来，谁都无法写出值得炫耀的好作品。然而，至少有些作家凭着自己持续的旺盛的创作热情，长年累月孜孜不倦地发表了许多作品，或许那些人有资格说自己待在了书斋里。目前来说，既然里见氏等带头竭力主张，便可以说是有资格的。"作家应回书斋"的说法，若是旁人提及，我会提出异议，但里见氏实至名归。这样讲，听起来好像其他作家不干活在偷懒，我当然不是这个意思，也不表示里见氏撰写的全是"好作品"。但以长远的目光审视我国自明治末年以来的文坛，或许任何人都会承认，大体上没有任何一个作家像里见氏那样酷爱写小说，并在任何时候持续不断地、毫无厌倦地一个劲儿写小说。作为作家，无论何人，都有灵感强、作品多的时期，但那只有十年或十五年的时间，不会长久持续，即便是寿命长的作家也会有半途松懈的时期。我想我的观察没有错，里见氏尚未有过松懈的时期。他年龄比我小一两岁，比我早一两年进入文坛，直至今天大致三十五六年中，始终创作热情旺盛，短篇、中篇、长篇等各种形式的作品，一部接一部、不知疲倦地发表。听说他主张生前不出全集，不过，若将他迄今发表出版的作品全部汇集起来，其创作量在年岁相仿的作家中恐怕无人可以匹敌。话虽如此，他也有大量发表的时期与略微减量的时期。但是在我看来，那不过是外部因素所致，他自身的创作激情没有变化。也就是说，他作为文坛畅销作家的时期，杂志社的约稿很多，自然而然发表极多，像现在这样稍稍有些人望减少的时期，约稿不多，无奈数量也减少了。只要有约稿，他任何时候都具有从前那样的旺盛激情。其创作数量最多的时期，时而夹杂有飞笔潦草的作品。最近创作量略微减少，大致的作品则结果相同，没有忽好忽坏。最近创作的作品抑或并非杰作，无法向侪辈炫耀，但都是细心周密的作品。厉害的是，虽然作品过于周密，变得稍稍有些墨守成规，难免有些让人讨厌，但是作品中蕴含的热情、精力比之年轻时代，丝毫未减。从前——不记得是多少年前的事了，已故田山花袋①评论说：这个作家总是兴高采烈地写作，无论写什么，都显现出特别的兴趣，即便是无聊的话题，也会饶有兴致地写下去。这种评论，现今仍然与之符合。说明他写作的热情与气势照旧旺盛，也告诉我们他是如何将那般精神力量反映在自己的作品中。这些要

---

① 田山花袋（1872—1930），日本小说家，被视为日本自然主义文学代表作家。

素，使其持续的作品始终给人以朝气蓬勃的生动感觉。

○

我称里见氏为"酷爱写小说"的作家，他真正是写小说的小说家，除了小说以外，其他没写什么，而且可以说，小说以外的那些作品并不优秀。年轻时还有翻译作品《穿墙》，像是也写过诗歌、随笔、感文等。小说以外的作品中戏剧最多。然而关于那些戏剧作品，不知其本人怎么想，社会上出乎意料，似乎没人把他看作剧作家。总之，说到此人的创作，专指小说。不，小说也有小说的种类，他的小说是现代话题，以对话及客观描写的形式按部就班地从正面勇往直前地展开，因而是小说中最具小说特点的小说，即全写实小说。据我所知，他很久以前写过孙悟空，从此未见他写过幻想小说、历史小说、童话小说等。并且，其作品中出现的人物及空间，大体上源自他日常接触的最为了解的社会——他大概生长在山手的有产阶级家庭，要不然就是与花街柳巷的环境密切相关。人说十年如一日，他实际是三十年如一日，在同样的世界里将同样的人物互换、对调、拉来扯去地充当角色。其描写手法和对话的感觉几乎总是一样的，只是变得越来越精巧。作家年过半百后，多数渐渐地失去了按部就班撰写现代小说的热情，倾向于逃入历史话题或做学究式的作家，相对容易弥补创作力减退的缺欠，就最近的时代趋势或处世角度看，似乎很多作家选择了那样的道路。唯独里见氏不惧怕、不畏缩，一如既往地坚守城堡，毫不动摇。这一方面说明他的阵地不大，另一方面则说明了他作为小说家的纯粹性。我不了解其生计情况，谈论这些有些失礼，他或许在实际生活中也保持着这种纯粹性。他在学校当教师领取一份薪水，另作为旺盛创作热情的宣泄手段之一，还参与演剧，不过是不足挂齿的，大体只靠撰写小说度日。他大概年轻时是很有钱的有产者，那些财产倏忽间毫无吝惜地荡尽，他似决意靠一根笔杆儿维生，养活妻儿，他喜欢写小说，抑或有强烈的自信。他的作品有种巧妙的话术，首先作为小说界的"圆朝"①，他既有长处也有不足，虽非所有内容令人敬佩，但他那不厌其烦的作家精神令人羡慕，我认为大可以之为楷模。值得同情的是，他的这般实力、业绩、修行竟被世人忽略了，与同一时代走入文坛的同辈朋友比较，像是多少受到不当的冷遇，可以想象他的内心因此生出的不平。他很持重，像个男子汉，从未流露只言片语的愤慨，仿佛有发泄牢骚的功夫不如用来写小说更愉快，只要全心全意地写小说，一些世俗间的事情都会忘记。他的这种态度让他愈发显现出——他既是纯粹的小说家又具有从前的名人气质。

○

最近，老早以前托付武者小路氏的松柏绘画完成。我发函致谢写了如下一段文字。

事变以来，众多文坛人士顺应时局，撰写了各类感文。其中，我感觉您写的文章最得要领。您丝毫不改自己的前进道

---

① 三游亭圆朝（1839—1900），日本落语（日式单口相声）大家，本名出渊次郎吉。

路，开诚布公地讲述自己内心的想法，恰能为国策添计。您比我们同辈任何作家都更好地把握了时局。

文字或许稍有差异，但大意如此。我发出致谢函后不久，收到了他的回信。我现在热海，没带着他的信件，他似乎并不认同我的说法。跟从前的武者小路氏没有两样，他讲述日本自古以来的艺术天才，讲述日本民族的伟大，都说得成熟老练，很明确那是他发自内心的话语，绝非迎合时世装模作样。在目前的时局下，不少作家被迫转向或清算自己的以往，他却显得并未意识到任何束缚，如从前一样甚至更大地发挥着自己的本领。此人同属白桦派，却与里见氏完全不同。里见氏是三十年来毫无间断地撰写了无数长篇或短篇小说。然而，武者氏则有过各种中途耽搁及半途松懈。现在他还保留着绘画的业余爱好，有时觉得绘画成了他的本行。创作方面，好像戏剧比小说多，戏剧方面的杰作也多于小说。此外他写过不少传记、评论、随笔、感文、美术评论等，显然绝非单纯的小说家、戏剧作家。不过，他与里见氏的相同之处是写作的速度极快，只是与里见氏的热情的含义不同，其文章却也同样显露出一种热情和气势来——似乎含有一种呐喊的成分。实际上，他最近的作品我读得不多，时而在杂志上看到随笔、感文之类的作品，只要看到就不会放过。尤其是他云游欧洲观赏绘画后，回来即为各方撰稿，评论当地的画廊、博物馆画作，我的确是怀着极大的兴趣阅读了那些文章。我不太懂画儿，尤其是西洋绘画的鉴赏，全无自信。但即使我这样的人读起来，也觉得他的绘画评论很有意思。这使我想起佐藤春夫完全是音盲，以前说过自己完全不懂音乐，去听演奏会时，喜欢看音乐指挥挥动指挥棒的感觉以及钢琴演奏者弹琴的风采。说是指挥者、钢琴演奏者的身体随着音乐进入佳境，看着他们剧烈地晃动脑袋，看着他们抬手、晃肩、手指用力地敲击键盘，不知不觉中，那般兴奋传达过来，恍惚可以悟出音乐特有的魅力。阅读武者氏的绘画评论，就好比看着音乐演奏者的节奏，字里行间闪动着雀跃。我能够领会站在西洋名画前激动不已、兴奋无比的武者氏的心情（虽然未必是同样的程度）。也就是说，武者氏激起了不懂绘画者的心境，使之跟懂画者一样升温。对于评论对象的作品，并未做技巧上的细致解说，也未强调鉴赏时的重点部分，大多只是重复使用了"很棒""厉害"这类形容词表示赞叹。如此，不，正因如此，反而间接地传递给读者其站在伟大作品前那份震惊的感觉。其表现方式不是说明对象物体是怎么回事，而是说明了产生自对象物体的感觉、激动的心情乃至因激动而产生的欢喜。即便是不懂绘画的读者也能明白他看到那些画儿，是何等的陶醉入迷，并由此而感到幸福。（他并没有传授给读者知识，此时那些都是次要的。）在这一点上，武者小路氏的绘画评论可谓天下第一，就其具有的独特风格来讲，也许超过了他的小说、戏剧。但是前几天，我读了三宅周太郎氏①的木偶净琉璃研究，觉得在戏剧评论方面，三宅氏与武者小路氏稍有不同。特别不同的是，三宅氏将很多知识传授给读者，还教读者欣赏戏剧的方式。作者面晤木偶净琉璃演员、弹奏三味线的琴师以及木偶操作者等重要角色，倾听他们讲述技艺。论及他们呕心沥血、费尽心思达到随心所欲的境地时，同样也是热血沸腾。不了解净琉璃

---

① 三宅周太郎（1892—1967），日本戏曲评论家。

及其演剧形式的人，亦可理解作者对于木偶净琉璃的深厚感情，感受撰者当时的愉悦，读者也被带入与作者同样的心境之中。

○

在拜托武者小路氏赐画之前，通过就要出征的中央公论社的佐藤观次郎氏，亦请永井荷风氏写一幅字，佐藤氏很快便送过来了两张色纸。其实我想要半裁纸的，稍有些美中不足。但见一张色纸上书有俳句，并附有松柏类及表示寂寥的小门。

另一张是少有的七言绝句：

柴门不过贵人车，
残蝶孤飞林下家。
三日空庭秋不扫，
半帘疏雨一篱花。

落款是：谷崎先生正之，荷风永井状。除此诗歌，我只记得一首荷风氏的汉诗。那是他自己画了一幅偏奇馆①图，并在图上题了一首七言绝句："卜宅麻溪七值秋，霜余老树拥西楼。笑吾十日闲中课，扫叶曝书还晒裘。"乃随笔刊物《冬蝇》上登载的作者所谓陋居之图。这么说来，读者或许以为我是一个喜欢向前辈熟人讨要

① 永井荷风位于东京麻布市兵马町（今东京港区麻布六本木）的居所，西洋式建筑，作家于 1919 年至 1945 年间在此居住。

墨宝的人。且不论作者的题签及插图，我所希求的还有菅虎雄氏[1]的字幅，此三家外似无其他，并非费尽心思特意搜集。此外，已是十多年前的事了，我曾通过改造社的山本社长[2]，请露伴氏[3]写过半裁纸的字幅，之后因为要给时冈成志氏还礼，当时敝人贫穷不堪，无力相送他物，虽感到愧对题书之人，甚觉可惜，念及冈氏非陌生之人，自我辩解一番后送了出去。题字是一首负剑仙人的诗歌，冈氏必定珍藏，送出手后，我更觉可惜，随着年龄的增长，再次得到露伴氏题字之愿愈加强烈，但向其提出再写一幅，实在厚颜而未能出口。终究有缘，一次日本评论社在星冈茶寮举办以露伴氏为首的座谈会，我受邀请到会。那次参会者还有德田秋声[4]老先生、末弘严太郎[5]、和辻哲郎[6]、辰野隆[7]等以及铃木社长和室伏高信氏。饭后，不知是谁的周密安排，在露伴氏的面前摆放了色纸，他稍有醉意，心情愉悦，挥笔唰唰写了五六张。落笔之时，他有腔有调地朗诵着，好像尽是他的得意之作。其中一首"老子朦胧牛朦胧，漫天流沙眼迷蒙"[8]，听上去十分有趣，至今都难以忘却。内心只在祈祷，那张色纸能分予我。不知为何不走运，辰野自告奋勇过来分发色纸，"哎，这个给您。"递给我的是另一张，书有"运交华盖不归返，五月雨绵绵"。这里的"运交华盖"是钓鱼者语，他当

---

① 菅虎雄（1864—1943），日本德语学者、书法家，夏目漱石的亲密朋友。
② 指山本实彦（1885—1952），日本出版人，出版机构改造社创办人，《改造》杂志创刊人。
③ 幸田露伴（1867—1947），日本小说家、散文家。
④ 德田秋声（1871—1943），日本小说家。
⑤ 末弘严太郎（1888—1951），日本法学家。
⑥ 和辻哲郎（1889—1960），日本哲学家、伦理学家、东洋文化学者。
⑦ 辰野隆（1888—1964），日本法国文学专家、社会批评家。
⑧ 此句写的是老子骑牛出函谷关西渡流沙而去。

场做了详细的解释。我对钓鱼毫无兴趣，完全没听进去，可惜不知是什么意思（在尚未决定送我这首俳句时，他就做了说明）。唉，选来选去，分给我的竟是毫无兴趣的钓鱼俳句，心中颇抵触，可又不能在书写俳句的人面前表明不喜欢，只能狠狠地瞪着辰野的面孔接了过来。就这样我意外地实现了夙愿，以充填前次半裁纸的遗憾，然而这是露伴氏聊以自慰的俳句。那老君出关的俳句到底分给了谁？按照我的猜测，总觉得是辰野留给了自己。真的如此，此人尤为可憎。

○

在住吉村现在的居所之前几年，我曾在精道村的打出住过一段时间。那时，大扫除时有一个旧货商来收购一些不要的破烂儿、旧杂志。其店铺在阪神旧国道的香栌园与打出之间的地方。说是旧货商，就是收破烂儿的，店里全是破破烂烂的旧货，从缺了口的酒壶到弯曲的钉子，乱七八糟地堆放着。东西太多，一个房间摆不下，便打通了隔壁房间，使得店面宽敞些。我每天散步正好经过那儿，时而进店里瞅一眼。有一天，经过店门前，"老爷，"那个旧货商招呼我了一声，"老爷，给您看一样东西，我对书画完全不懂，从有眼力的人那儿偶尔弄来个好东西也没什么意义。前几天在一个地方买来这个匾额，拿给人一看，说是……可能是值钱货，让给懂货的人看看。老爷，对不住，看着好的话，您买下吧——""欸？我也未必懂。"我问他是何人所写，答曰："不知。总之，先请看看。"我心想一定是什么赝品，边想边走进了店里。一看主人拿过来的东

186

西，便知那毫无疑问是小波山人①的书法，书帖上有俳句部分破损了，重新配了个框子。

> 守护摇篮的孩儿，飞来蝶飞去。
>
> 水波柳下景如画，垂细钩钓鱼。
>
> 柳枝叶摇摆拂动，晾晒衣二楼。

大正五年六月　小波选

问其多少钱，说是给五元即卖。我当即买下拿回家，挂在孩子房间的窗格上。那一整天我都觉着做了一件大好事，得以向明治文坛大先辈、已故小波叔叔表示由衷的敬意。虽这么说，小波山人生前我仅见过他一次。那是在有乐座，不清楚是第几次的自由剧场试演，在走廊见过前辈，打过招呼后，山人说：以为谷崎是个子很高的人呢。我的记忆中，那时山人身着茶色西装很得体，身材适中，头发出乎意料的浓密，是位潇洒的绅士。我不清楚山人逝世的具体时间，见到他时，或许已有五十来岁，现在想来，实在是很显年轻。不过这些都已无所谓了。总之幼儿时代起，我就在儿童故事世界中熟悉了叔叔的名字。地点嘛，曝晒在阪神之间那么一个污秽的旧货店店头，被我发现或许绝非偶然。仿佛受不了跟一堆破烂儿一起蒙受大道上的尘土飞扬，希望在那附近居住的谷崎救其一把。谷崎是晚辈，并非无任何牵连，或许是叔叔自九泉下引导了我。我这么想着，抬眼望那匾额，回想在有乐座走廊见到的山人身姿。亦是

---

① 即严谷小波（1870—1933），日本儿童文学家、小说家、诗人，本名严谷季雄，别号涟山人。

闲话。后来，我在那旧货店里还发现一个自得居士①的《萤火虫之歌》，这个用了一元买下。居士也就是人们所知的和歌山诸侯家臣的父亲，原名伊达宗广（也称千广）。他和歌是跟本居太平学的，也是史学家，《大势三转考》的作者。在其和歌中，有云：

　　　　光照哀鸣虫，入草藏身之。

○

自那以后，一日我去心斋桥街散步，顺便上大丸的美术部看了看。那儿正举办明治、大正时代名流书画展，大部分已当场售出，还有二三十幅卖剩的挂轴。我随便转转看看，突然发现两幅田山花袋的书法，觉得不错，感到很不合理的是，比之其他政治家、将军、实业家的书法，花袋的书法标价很低。两幅书法都是汉诗，一幅关乎吉野山的延元陵，一幅是去什么地方温泉疗养时的实景咏诵。延元陵标价十五元，温泉的则是十三元。装裱也很新，比较漂亮。除去装裱材料费，书法本身没有什么价钱。我觉得自己的前辈、著名的自然主义大作家在众多的明治大正赫赫有名人士中受到无端的羞辱，感到极其愤慨，所以可能的话，两幅都买下来，但不巧，手头没带那么多现金，只能从中择一。考虑一番后，觉得书法方面延元陵很棒，但诗歌似乎不具花袋特点；反之，那幅温泉的词

---

① 伊达千广（1802—1877），号自得，幕府末期纪州诸侯家臣、国学者，历史论著《大势三转考》作者。

句确具花袋特征。

彩桥架水流，层屋凭林谷。
浴客伴红裙，豁拳杂丝竹。

落款为：大正丙寅试笔、花袋生，并捺有"田山录印"印章。
我知道花袋作汉诗并非高手，书法也曾收到亲笔信，还两三次见其
挥毫，知其字迹漂亮但缺少风韵。这首仄韵五言绝句从诗歌角度来
说也是平板无奇的，但"彩桥架水流""浴客伴红裙"的诗句与花
袋作中的风景极其吻合，令人感觉是将自然主义小说中的景物描写
直接改成了诗句。我立刻投了十三元，将其置入一个带有盒盖的杉
木盒中，抱着回了家。并且跟购得小波山人的匾额同样，我感觉心
情很好。本来我跟花袋从未谋面，只有一次，也是看自由剧场演出
时在有乐座的走廊上擦肩而过，我当时只是一时意识到：那就是花
袋啊。不过在文学方面的交往，则比小波山人更深。我入文坛是举
旗反对自然主义，起初多少遭人白眼，但晚年花袋的艺术观似曾大
有改变，不知何时开始喜欢阅读佐藤及我的作品了。尤其是去世前
的几年里，总是一个劲儿地赞扬佐藤以及我的作品。所以，佐藤春
夫时常以其特有的玩笑口吻掩饰喜悦说：花袋对你有好感喔。我也
在刊行《食蓼之虫》时，破天荒赠送给花袋一部，很快收到他用毛
笔在成卷信纸上书写的恭敬的致谢函。文坛人士书画我尽力收藏，
仅此而已。此外只有泉夫人①赠予我两枚诗笺，作为故人纪念。夫

---

① 作家泉镜花的夫人，本名伊藤铃。

189

人拿出小心保管的诗笺盒子说：请从中拿取两枚。于是得到了下面两枚短诗笺：

红指染雪挑嫩菜。

春月辉映摩耶山，忉利天上寺。

摩耶夫人①乃故人热心信仰的佛神，我在住吉村的家离那座摩耶山麓不远，故如愿得此短诗笺。

《文艺春秋》昭和十七年②六月号～十一月号）

---

① 摩诃摩耶，佛教创始人释迦牟尼的生母。
② 即公历 1942 年。

译 后 记

第一次世界大战的爆发，给日本带来暂时的景气，日本国内兴起了旅游热。铁道事业的发展、旅游业的兴起、"日韩合并"，尤其是因日俄战争的胜利，日本缴获了"满洲铁路"并与纵贯朝鲜半岛的铁路连接，日本与中国的交通运输愈加方便。当时日本国家铁道院发行了《旅行指南》，为了解、把握中国的地理、历史、文化提供了方便。日本的一些文学界人士，包括受雇于报刊、杂志社的文坛名人，相继到中国进行游历，大正时期（1912—1926）拿着那本《旅行指南》游历中国的日本文人学者留下了不少纪行、游记类的文章。他们根据自己的汉学知识和素养，表达了形形色色的观点，详细地讲述、触及了中国的文化生活，为当时的日本国民补充了《旅行指南》的内容，同时也为中日文化交流史留下了重要的一页。日本文学家谷崎润一郎便是那批文人学者中的一个。

谷崎润一郎生于一八八六年，曾就读东京帝国大学国文科，一九一〇年代进入文坛，漫长文学创作生涯中留下了《痴人之爱》《春琴抄》《细雪》等许多优秀作品。一九四九年获日本文化勋章，一九六四年当选为美国艺术文学院荣誉成员。

本书收录了谷崎润 郎于上述时代背景里，撰写的与中国相关的十篇文章。

谷崎润一郎幼年常去东京的中国餐馆偕乐园玩耍，通过食物接触到了中国文化，这对他以后的思想认识产生了重要的影响。谷崎少时习过汉文汉诗，但与前辈夏目漱石等相比，这方面的知识并不丰富。然而，这或许成为他脱离旧有的汉学权威，以新的角度去理解中国的起因，他的中国情趣便是一个具体体现。十九世纪后，欧洲兴起所谓关注东洋、中东、近东异国情趣的"东方主义"。日本当时的媒体也出现了"中国情趣"这样的新词，并结合西洋国家的异国情趣在日本社会广泛应用。谷崎在其文章中也多次使用"中国情趣"一词，但他的"中国情趣"多指日本人的汉学素养及文人修养。换言之，他的"中国情趣"既包括汉诗文，也包括中国的生活文化，既不同于文坛前辈，也与大众之异国情趣大相径庭。去中国漫游，对谷崎润一郎来说，是完成自己"中国情趣"的一个重要过程。

谷崎润一郎一生只有过两次国外旅行，都是去了中国。第一次是在一九一八年，历时两个月，自朝鲜半岛经由中国的东北地区到天津、北京，然后南下至汉口、九江、南京、苏州、上海、杭州，最后从上海返回日本。这次漫游，遗憾的是未能实现与中国文坛人士交流的愿望，仅仅是个人体验和游历。谷崎在这次中国大陆漫游后，留下许多色彩浓厚、横溢"中国情趣"的作品。如《庐山日记》《秦淮之夜》《苏州纪行》《西湖之月》《中国菜》《流浪者面影》《鹤唳》，都是第一次漫游后的作品。其中《庐山日记》《秦淮之夜》

《苏州纪行》《西湖之月》《中国菜》为纪行、随笔文章。他作为旁观者见到的中国，正如文中表示的，"乡下的中国百姓，'帝力于我何有哉'，他们不关心政治、外交，吃便宜的食品、穿廉价的衣裳也能满足，仍无忧无虑、悠悠自得地过日子"，那是一个静止的、与从前无变化的、符合自己"中国情趣"的国度。这样的认识、理解成为他"中国情趣"创作的源泉，《流浪者面影》《鹤唳》便是基于这种"中国情趣"诞生的作品。

那么在谷崎第一次的旅行中，中国的哪些部分使他感到极富魅力呢？读者或许可以从《苏州纪行》中窥到，在谷崎眼里，苏州仿佛仍在从前的诗文中，展现在他眼前的苏州风貌如同"远在天边的梦境"里兰英、蕙英姊妹（明代瞿佑《剪灯新话》中《联芳楼记》里的人物）时代的延续。或许在他的想象世界里，何止苏州，整个中国就像是充满了花香鸟语的蓬莱仙境，依此幻想推移到了实际场所，便是《秦淮之夜》了。将自己的梦幻融入从前的诗文境界所产生的是《西湖之月》的世界，这个世界的基础构造是由白居易、苏东坡、杨铁崖、高青丘、王渔洋等建立的，即一个汉诗的世界。清代《西湖佳话》中《西泠韵迹》里记载的西湖桥畔名妓苏小小无疑与《西湖之月》中因不治之症而投湖的少女——邓小姐的形象塑造相关。谷崎回国后寄托了中国思念的作品是《鹤唳》，也是受曾居西湖孤山的林和靖及其"梅妻鹤子"的启发。可以说，谷崎这个时期有关中国的创作，并非直面当时中国的实际状况，而是从汉诗文中的中国获得了创作的源泉。

有评价说，谷崎对未知的"中国情趣"世界寄予强烈的探求与憧憬，《秦淮之夜》里费尽周折找寻自己理想中的中国美人；《中国菜》里不辞辛苦吃遍各种材料烹制的中国菜肴；《鹤唳》通过主人公"我一辈子不说日语"的表现，折射其渴望讲述汉语的愿望。在第一次漫游中国的过程中，谷崎始终怀着新奇的心情在艺术世界里享用"中国情趣"，在第二次去中国前的一九二五年十二月，他在给三井银行上海分行行长土屋计左右的书信中提到："将来想在上海、日本各置一家，来往于两地间。"

一九二六年是他第二次去中国，这次，他只在上海逗留了一个月，可以说，这次的活动场所只限定于上海一个地区。此次正值中国近代文学萌芽期，他通过内山书店老板内山完造，终于结识了当时中国文学界的许多作家、戏剧家，并与其中一些人物如郭沫若、田汉、欧阳予倩等有了深谈的机会。通过跟中国方面的交流，谷崎倾听了郭沫若、田汉向其坦率谈论的中国社会的困难处境及百姓生活的艰辛状况。与第一次游历时的体验相比，谷崎开始对当时的中国有了一定的实际性认识，其"中国情趣"得到了修正，不再单方面、主观性地幻想中国尚处在汉诗文的世界，开始认真思考与中国的平等交流。回日本以后，谷崎没有间断与中国文坛、艺术界人士的交往，但不再看到第一次漫游中国后创作过的那类"中国情趣"浓厚的作品，而是撰写了两部直面中国现实的随笔——《上海见闻录》和《上海交游记》。

书中收录的最后一作《话昨论今》，执笔于一九四二年。这时谷崎已完成了《春琴抄》《阴翳礼赞》等名作，完成了《源氏物语》的现代文翻译，在日本文坛确立了不可动摇的地位。这篇文章中，谷崎基于自身体验得来的中国见解，对中国同时代文学进行了细腻的评论，站在同属亚洲文化的立场，指出了各自的特点。而且，谷崎对长年生活在中国的美国作家赛珍珠及其小说《大地》给予了较高评价，认为小说直接描述了中国社会的现实情况，同时批评了日本关于中国的作品，称那类作品一味猎奇性地搜集风俗异闻。谷崎在《话昨论今》中还回想了曾经友好交往的田汉、欧阳予倩、郭沫若等，感叹"天各一方"，并担心旧友安危。他在文中提到："国家之间，个人之间，都处于不寻常的绝交状态，我不相信会永远持续。"事实应验了他的话，一九五五年郭沫若作为团长率中国科学代表团访问日本，紧接着一九五六年欧阳予倩作为团长率中国京剧代表团到访日本，与谷崎润一郎再度重逢。

此外，就此书主题来看，最后这篇文章似应节选部分内容，但考虑文章的完整性，也使读者参考谷崎润一郎于日本文坛的其他侧面，或多或少了解作家在思想、艺术水平达到成熟阶段时对日本文化艺术界所持的见解、观点，未作割舍。

谷崎一直期望两国恢复邦交，可以自由往来，期待再次随意去中国看看。很遗憾，他的愿望终究没能在生前实现，中日恢复邦交是在谷崎润一郎去世后第七个年头实现的。

谷崎润一郎
中国漫游

图书在版编目（CIP）数据

中国漫游／（日）谷崎润一郎著；谈谦译.—上海：
上海译文出版社，2022. 10
ISBN 978-7-5327-9081-4

Ⅰ.①中… Ⅱ.①谷…②谈… Ⅲ.①游记—作品集
—日本—近代 Ⅳ.①I313.64

中国版本图书馆CIP数据核字（2022）第190942号

中国漫游　　　〔日〕谷崎润一郎 著　　责任编辑　周　冉
　　　　　　　谈谦 译　　　　　　　　装帧设计　柴昊洲

上海译文出版社有限公司出版、发行
网址：www.yiwen.com.cn
201101　上海市闵行区号景路159弄B座
杭州宏雅印刷有限公司印刷

开本890×1240　1/32　印张6.25　插页5　字数113,000
2022年12月第1版　2022年12月第1次印刷

ISBN 978-7-5327-9081-4/I·5640
定价：55.00元